朱文颖

著

与大师共进午餐

Lunch with
the Maestro

天津出版传媒集团

百花文艺出版社

图书在版编目（ＣＩＰ）数据

与大师共进午餐 / 朱文颖著. -- 天津：百花文艺
出版社, 2025. 7. -- ISBN 978-7-5306-9181-6

Ⅰ. I247.7

中国国家版本馆 CIP 数据核字第 2025NJ1488 号

与大师共进午餐
YU DASHI GONG JIN WUCAN

朱文颖　著

出 版 人：薛印胜　选题策划：汪惠仁　韩新枝

责任编辑：张　烁　美术编辑：郭亚红

出版发行：百花文艺出版社

地址：天津市和平区西康路 35 号　　邮编：300051

电话传真：+86-22-23332651（发行部）

　　　　　+86-22-23332656（总编室）

　　　　　+86-22-27862135（邮购部）

网址：http://www.baihuawenyi.com

印刷：天津新华印务有限公司

开本：880 毫米×1230 毫米　　1/32

字数：140 千字

印张：7.75

版次：2025 年 7 月第 1 版

印次：2025 年 7 月第 1 次印刷

定价：49.00元

如有印装质量问题，请与新华印务有限公司联系调换

地址：天津东丽开发区五经路 23 号

电话：(022)58160306　邮编：300300

目 录

桥头羊肉店

职业的区别已经不再重要了。生命的延伸让所有人都保有智慧,时间帮助人们看清了一切,比哲学教授和刻板的理论有用多了。2040 年以后,人类已经可以经过长达两年的太空旅行抵达火星。那些去过火星的人,回来时个个沉默不语,或者终日微笑。他们比所有的哲学教授都更像哲学教授。

那天晚上，我、画家莲生、作家重生，以及歌手咪咪，我们在一个私家庭院里喝茶、聊天。院子在小巷深处，巷口有杉木做成的巷门，看起来很高很牢固。巷子两边则是年代久远的旧楼。

我们这一刻谈艺术，下一刻谈生活，再下一刻则聊起了生意。

外面的天气同样变幻莫测。我记得，刚进院子时开始下雨，不大。后来，我们聊天的时候，屋檐上的雨掉落到青石板上，就仿佛电影《金刚》里那个金刚，在生气时使劲朝下掷石块。

我们准备出门找东西吃，雨又小了下来。我和画家莲生走在前面，作家重生和歌手咪咪随后。我们一前一后地走，但距离一直不远。

没有两座小山是相同的，但是世界上任何地方的平原都一模一样。我在平原的一条路上行走。

我和莲生说起了博尔赫斯小说里的这句话。

我说："我现在也是同样的心情。"

莲生笑了笑，表示他也同意。莲生是一个艺术感觉极好的画家。比如说，我和他聊起全景小说这个概念的时候，他立刻会用唐宋界画来回应我。

刚走出巷门,雨突然变得疯狂起来,铺天盖地。一道道白茫茫的水帘阻断前路,我们几乎看不清道路和方向。

"跟上来！跟上来！"我朝着后面的重生和咪咪大声叫喊。声音很宽阔,也很空洞。

也不知道过了多久,我们走进了第一座清晰出现在面前的建筑。

"你们吃羊肉吗？"一个声音响了起来。

随后有一个人,跟着这个声音走了出来。他穿着麻质的小麦色衣服,在空间里因此减少了某种存在感。我并没觉得他和我们有什么不同,包括身形以及由此估摸的体重。唯一比较特别的地方是,在他脸上,眼睛的比例显得很小,非常小。给人的感觉,他是靠眼睛以外的东西判断事物的。或者说,他对人对事的态度,淡漠而疏离。

只有我一个人听出了他说的是克里奥尔语—— 一种由葡语、英语、法语及非洲语言简化而成的语言。因为这段时间,我正在研读一位"诺奖"得主的资料。他的家族极具传奇色彩,父亲说英语、法语和克里奥尔语。就是这种克里奥尔语——感谢现代科技广泛而便捷地传播,我在资料附带的音频里仔细听过这种语言。

"我有点知道你在说什么。"我对屋子里出现的这个人说。

我说的是中文。他听懂了。但他没有解释，为什么刚开始时他说的是克里奥尔语。

"你当然知道。"他用的也是一种理所当然的语气，"我是这家羊肉店的老板。"

画家莲生、作家重生、歌手咪咪，还有我，我们找了一张桌子，围坐下来。窗外仍然大雨如注，树枝摇晃，枯叶乱飞。作家重生和歌手咪咪叽叽咕咕不知道在说些什么。我正想问问羊肉店老板具体的吃食，一抬头，突然发现这间屋子的窗玻璃是干的，并且滴水未沾。

画家莲生显然也发现了什么，他轻轻拍了拍我的手背。

我跟随他的目光看向墙上的一本挂历。

挂历上是一幅山水画。前景是凡俗世界，炎夏中，旅行者赤膊扇扇，几头驴背驮重物，步履蹒跚。中景树丛后有一位穿着僧侣袍的求道者。远景则是占画面整整三分之二的主峰，它高得突兀、不合常理。另外，山脚下还有一团非常虚灵的云雾。

挂历的右下方清清楚楚地写着日历显示的时间：2081年。

"你们饿了吧？"羊肉店老板打破了沉默。

有那么一小会儿，我们都没说话。那本墙上的挂历暂时让我们陷入了某种幻觉。虽然画家莲生、作家重生，还有我

（我也是一位文字工作者），我们的工作本质上都与想象以及幻觉有关。即便歌手咪咪，刚才在小巷深处的私家庭院聊天时，她也承认，当她进入幻觉状态时，歌声最为动听，甚至能够唱出从未有过的曲调与声音。

但是墙上那本挂历仍然让我们困惑不安。

"这样的事情以前发生过几次。"羊肉店老板不动声色地说着话，"特别是雷暴雨的季节。你们不会觉得奇怪吧？"

我们没有说话。歌手咪咪明显有点不太自在，她的脸色发白。

"其实也简单。"羊肉店老板说，"就像墙上那幅画，用的是散点透视法。中国画最厉害的就在这个地方。视角无处不在，脱离客观实际，完全只根据自己的感受。所以，今天晚上，你们一定是因为某种特殊的原因和感受来到了这里。不用担心，你们很快就能回去的。"

"是的，我们刚才确实在谈艺术。"我小声地接了一句话。

"我们几个都是搞艺术的。"我又补充了一句。

"对了，你们要吃一点羊肉吗？"羊肉店老板缓缓打断了我说的话，或许他对我说的并不太感兴趣，或许他很早就得出了他的结论。

"今天有新鲜羊肉，这已是不常见的事情了。"羊肉店老板说，"关于是否还要继续以动物为食这个话题，现在争议不断。有三种不同的说法。第一种认为它们是人类的朋友，应该受到尊重;第二种认为它们是食物;第三种则认为它们是整个20世纪以及21世纪初期最严重的疾病——艾滋病、疯牛病、埃博拉病以及感冒等的致病因素和传播源。学者们认为它们应该从人们的餐食中消失,就像原始文明中的一些野蛮行为一样,应该成为人们的一种记忆。"

说完这些,羊肉店老板推开旁边一扇门。

"你们稍等一下。"他说。

门外应该是后院。我们仍然能听到雨声,好像还有羊的叫声。

过了一会儿,羊肉店老板拿了些绿色蔬菜、豆制品,还有一只大锅子,重新回到屋子里。

"还是火锅的方式比较鲜美,并且健康。"他温和地对我们说,还给我们每个人递上一杯清水。

"你说话的口音……有点奇怪。"歌手咪咪小声地说。

"你很敏感。"羊肉店老板一边向锅子里倒水一边说。

"在21世纪的前三十年,英语仍然是全球贸易、文化、外交、网络、传媒的第一大语言,是全球第二大交流语言、第四大母语。但后来,情况发生了变化。各大洲根据自己的习惯,在英语中加入了自己的方言和表达方式。特别是在2050年以后,中文的使用愈发频繁。直到2070年左右,夹杂了各种不同方言的中文逐渐成为商业流行语言。你刚才说我的口音有点奇怪，"他抬头看了下歌手咪咪，继续说，"那是因为，我的发音里同时夹杂了昆曲和评弹的元素。"

我看到咪咪吐了吐舌头。其实我也心存疑问。

"我觉得你说话的方式……也有点奇怪。"

"是的，在成为羊肉店老板以前，我的职业是哲学系教授。"

我们惊讶得面面相觑。

"职业的区别已经不再重要了。"他看出了我们的疑虑，把话题引申开来，"生命的延伸让所有人都保有智慧，时间帮助人们看清了一切，比哲学教授和刻板的理论有用多了。2040年以后，人类已经可以经过长达两年的太空旅行抵达火星。那些去过火星的人，回来时个个沉默不语，或者终日微笑。他们比所有的哲学教授都更像哲学教授。"

"你去过火星吗？"作家重生接话道。

"没有。对于这个世界，我仍然希望保留一点神秘感。"羊肉店老板压低了声音，把这句话非常神秘地说完。

火锅安静而滚烫地沸腾着。

除了暴雨中滴水不沾的窗玻璃、长相与我们有所区别的前哲学系教授，以及他神神道道的话，一切，与平常的夜晚似乎并没有太多不同。

我们开始安静地享受羊肉、蔬菜和粮食。羊肉店老板则从旁边那扇门出出进进。门开与关的瞬间，我们仍然可以听到雨声，好像还有羊的叫声。

第三次进门的时候，羊肉店老板后面跟着一个女人。她的眼睛也很小，甚至比羊肉店老板的更小，但看起来既不冷漠，也不疏离。

她用微笑跟我们打了招呼，向火锅里添了点绿色植物（其中大部分我能说出名字，还有一小部分则并不能），然后就悄无声息地消失了。

"这是我太太。"羊肉店老板介绍说。

"她很漂亮。"咪咪说。

羊肉店老板仿佛对这个方向的话题没有兴趣，开始自说自话起来。

"我是在三十年前偶然认识她的。世界人口老龄化越来越严重，大部分人深居简出，或者与设定好性别、脾气的智能机器人为伴。世界已经演变成一个孤独、个人愉悦和封闭叠加的社会。全球有一半死者的葬礼无人问津……我和她恰好相遇在一个共同朋友的葬礼上。而参加葬礼的人恰好只有两个。"

"这很传奇。"我被"孤独"这两个字所吸引，同时感知着孤独、死亡以及浪漫搅和在一起的化学反应。

"世界不断变化，这几乎是生命延伸的唯一意义。十年以前，世界经济短暂复苏，在那段时间，诞生了一种新的消费形式:购买孤独。"

"购买孤独?"我们几个异口同声。

"是的。有钱人花高价购买个人独处和单独观看演出的权利。"

"为什么?"

"感到愉悦。享受真正的存在的感受。"

"不就是包场嘛!"歌手咪咪脱口而出。

我和画家莲生做深思状。作家重生扭头瞪了咪咪一眼。羊肉店老板则微微一笑。

接下来羊肉店老板叽叽咕咕说了一堆话,突然又回到了克里奥尔语,那种由葡语、英语、法语及非洲语言简化而成的奇怪语言。仿佛油浮在水上,分辨出密度的差异。仿佛要把浮在水面上的那层油撇开。屋子里重新返回到意味深长的静默状态。

"我太太以前也是艺术家。"羊肉店老板如同回忆着几个世纪以前发生的事情。

"在某种程度上,我们非常相像。就像有人给予艺术家的定义:那是一群有着全然不同气质的人,他们当中的有些人受到完全不同的动机驱使,有着与别人完全不同的精神活动。那天我们参加了一位共同朋友的葬礼,没有其他人,只有我和她。我们对于别人漠不关心的人和事,有着共同的没有明确缘由的兴趣。这恰恰也是艺术的本质之一。"

我们纷纷点头表示同意。

"我们非常相爱，情投意合。我们的日常生活弥漫着各种形而上的探讨，坚硬的观念、辩论甚至争吵。大约在十年以前，有一个冬天，雪下了三天三夜。到了第四天上午，她很认真地和我谈话，表示她决定要放弃做一个艺术家了……"

"她以前究竟是做什么的？"咪咪又忍不住插话道。

"她以前是一位插画师。"羊肉店老板很有礼貌地立刻回答了这个问题。

"大致是什么风格？"人类延绵不绝的好奇心让画家莲生也开始插话提问。

"她是典型的唯美派。"

这次羊肉店老板没有再给任何人空余提问的时间，自己说了下去：

"那天上午她和我聊了她的疑惑。她说她开始怀疑她的画笔，因为她只想表达美，而当她只想表达美的时候，她就被美这件事情影响了、左右了。很多时候，当她在表达美的时候，其实只是在佐证一种偏见。"

"后来呢？"我们全都屏息聆听。

"后来，她告诉我她的决定，她不想再做一名插画师了。我说'好的'。我们彼此凝视了大约十秒钟，我也做出了我的决定。从此以后，我放弃了哲学系教授的身份。"

这时外面传来了细碎的窸窸窣窣的声响。

"下雪了吗？"我顺着羊肉店老板的话题开了个玩笑。

他笑了，扬了扬手。我惊讶地发现，锅子底下的火一下子旺了起来。

"那不是下雪，"羊肉店老板轻声说，"是我太太在准备她的作品。"

"作品？什么作品？"

"她以前做插画师时，很多人请她画像，或者给她寄来照片，再收藏她创作的肖像。这些作品常常会出现在家族房屋的走廊里，让后代回味先辈的不朽与荣光。但是后来，情况发生了变化。随着时间的流逝，艺术渐渐发展成为一种可以亲身体验的项目。也就是说，每个人都可以把自己的生命变为艺术品，有一部分人或者更多的人，将通过自创艺术再现自己的方式来迎接死亡。"

"我还是不能理解……您的意思是？"我皱紧了眉头。

羊肉店老板富有深意地看了我一眼。

"很多很多年以前，我们一贯接受的观点是，事物永远是发展的，而且是向上向前发展的。但后来，特别在人口老龄化、资源匮乏、智能机器人快速更新换代以后，我们意识到，或许，在将来，世界的种种安排都只是为了防止它走向毁灭。它随时有可能走向毁灭。所以，我们中的很多人早早地开始准备一件艺术品，迎接随时可能到来的，或者是自愿选择的死亡。"

"您太太……在准备什么艺术品？"

"她在院子里栽了一棵树。一棵有着红色叶片的树。"羊肉店老板说。

几个星期以后，我、画家莲生、作家重生以及歌手咪咪重新约着聚会。

在等待宅院主人回来开门的时间里，我们在巷子里闲逛。沉默不语，各怀心思。

我走到一个书报亭前，拿起一本书，随意翻着。

封底有这么一排字：

　　如果我们找不到外星人，可能是因为我们对外星生命的理解有误，都以为他们是人。

平行世界

如果真的存在平行世界，现在就有
同样的四个人，他们因为刮风之类的意
外情况，被锁在了一栋建筑的二楼露台
上。但那四个人并不是我们，而是生活在
另一个有着云雾缭绕的高山、一望无际
的原野、喧嚣嘈杂的城市，和其他七颗行
星一同围绕一颗恒星旋转，并且也叫作
"地球"的行星上——而且，我们对应的
每一个人，他一生的经历和我们的，每分
每秒都相同。

1

在学校上艺术理论课时，我经常开小差甚至打瞌睡。艺术理论是乏味的，而老师们又常常会把它们讲述得更加乏味。只是有一天，半梦半醒之时，我听到艺术理论课老师忽高忽低的声音里，冒出了这样一句："艺术和艺术家内心的秘密有着非常紧密的关系。如果没有秘密，也就没有艺术了。"

就如同一条好几天没有进食的狗，突然闻见食物的香气。我一下子来精神了。

秘密。我都有些什么样的秘密呢？或许，这可以算作一个——一直以来，我和父母的关系都不是很亲近。我感觉他们其实想要个女孩，而生下我，只是一种难以改变的错误……

还有，童年时期那持续了整整一年，后来又突然神秘消失的口吃，是否昭示了敏感而知耻的天性？而少年时脸颊额头上野蛮生长的青春痘，是否又接着把内心的隐秘变成了标语和口号？

所有的秘密最终都会物化而成具象吗？或者声音？艺术究

竟是要说出秘密,还是让秘密成为一个更深的秘密……这些都是长久以来困扰我的问题。而在现实生活中,从上学年开始,我已经有一段时间没联系父母了,我和他们的关系变得越发疏离且对抗。其中最主要且直接的原因,是他们希望我毕业以后回到家乡县城工作,成家立业、生儿育女,直至安度晚年,而这显然并不是我想要的生活。

"这好像意味着——我一生下来——就已经看到了死亡?"我记得,这是我在电话里向他们大喊大叫的最后一句话。

违背父母的意志是要付出代价的。所以每逢假期,我经常得打工维持自己的生存。我并不觉得这有什么不好。因为这至少是我自由的选择。就如同有能力保有内心秘密一样,这件事充满了隐秘的力量和快感。

2

我猜测,被蓝猫酒吧老板录用的原因之一,是我看上去少言寡语,不属于惹是生非的那类人物。酒吧是一种可以让秘密容身的地方。酒让人变得透明。而到了第二天,酒劲过后,人们通常又会后悔于这种透明。

"你要是看到什么、听到什么,就当作什么也没看到、什么也没听到好了。"老板非常认真地关照我。

蓝猫酒吧位于城里的开发区，周末或者旅游季节，很多人会来这里。仅仅是肤色相近的人群中，如何准确辨别出中国人、印度人、韩国人、越南人、缅甸人、马来西亚人、菲律宾人……都是存在难度的。在最热闹的季节和时辰，各色人等会集在这里。人影幢幢，不由得让人联想到一些老电影的片段——比如《007》里的旧日时光：花花公子们抽烟、喝酒，与好裁缝搞好关系，而不是去健身房。

还有些时候，一整个下午，酒吧里人迹罕至。只有头顶那几个老式吊顶风扇，它们发出令人昏昏欲睡的声响，仿佛整个世界正在悄悄凝固……但与此同时，又给人一种随时可能挣脱羁绊、加速俯冲的错觉。

酒吧前身是一间废弃的旧仓库。陡直的楼梯通向二楼露台。建筑的细节部分，还存在不少过去岁月的痕迹。比如说，有些地方裸露出原始的砖墙；又比如说，天花板那里交织分布着原木和钢铁。

上班第一天，老板带着我上上下下走了一圈。

"最后关门的时候，别忘了检查露台。"

他站在开阔的、放了遮阳伞和桌椅的露台中央，朝着天空伸展开手臂，打了一个长长的哈欠。

"你会喜欢这里的。"他的身体慢慢向我倾斜过来，"很多有趣的人……对了，讲个秘密给你听吧，这里面，或许还藏着个把杀人犯呢！"

3

谁会是蓝猫酒吧里那个可能存在的杀人犯呢？我认为这应该是老板的一个噱头。只有会耍噱头的人才能成为老板，其他则沦落为忧郁的艺术家和落魄的酒鬼。

上班几天以后，我就知道蓝猫酒吧有三个酒鬼。他们分别是保罗、田敏和秋生。

美国人保罗是这里的常客。他的中文名字叫简重山。保罗见到陌生人，介绍自己，总会仔细而反复地强调一个细节："这里的重，是读第二声 chóng，而不是第四声 zhòng。"

为了解释清楚，他通常会从衣服口袋里拿出一张小纸条，上面写着"简重山"三个汉字。而旁边的空白处，则用中国水墨的笔法，画出山峦跌宕、一叶轻舟……保罗手里举着那张字条，再次放慢语速解释一遍："也就是轻舟已过万重山的那个重。"

第一次见到保罗，除了不厌其烦地给我普及了四声发音，他还饶有兴致地和我聊了几句。

"你是新来的？"他问。

我点点头。

他要了杯半升的黄啤，然后上下打量我一番。

"你是学生？"他扬了扬眉毛。

我又点点头。

"学什么专业呢？"他接着问。

"艺术。"我回答。

他思忖片刻说："那么，你看过美国画家马克·罗斯科的画吗？"

那些令人昏昏沉沉的艺术理论课，纵横交错的人名、概念，它们在我头脑里飞速闪过——"马克·罗斯科，抽象派运动早期领袖之一。作品常见巨大的彩色方块，配以朦胧柔和的边缘，简洁单纯地悬浮在画布上，不清晰的交界处隐隐地藏着很多耐人寻味的东西，以此唤起人类潜藏的热情、恐惧、悲哀以及对永恒和神秘的追求……"

我很诚实地回答："我没有机会看他的原作。"

"那就是说，你只知道关于他的概念。"保罗说话一字一顿，有点滑稽，但也有点严肃。

我说是的。确实如此。

"那么，你知道——他最后是自杀的吗？没有大声呼喊，就像——就像轻舟已过万重山……"

那天保罗一共问我要了五个半升的黄啤。付完账临走的时候，他朝我眨眨眼睛，做了个鬼脸："我认识你们老板，生意不好的时候，他会偷偷关掉空调，还有——我敢保证，这杯啤酒里掺过水。"

4

几乎每天，当月亮升到屋檐的第二个尖角那儿，蓝猫酒吧的另外两个常客——田敏和秋生就会约着喝上两杯。

一般来说，两人风平浪静、幽默揶揄的闲聊会持续一个多小时，然后，田敏的声音会高起来。秋生回应，慢吞吞地，然而语气坚定。调酒师甩头摆出一个很酷的动作。他是司空见惯了，这样的事情每天都在眼皮底下发生。田敏不断地喝啤酒，脖子上的青筋暴出来。秋生则像潮水一样，渐渐柔软下来，慢慢退去。

据说田敏是当地人。而秋生则是所谓的新苏州人——传说他在北京的圆明园画家村待过一段时间，后来去了宋庄、三里屯，再后来他消失了一段时间。直到最终出现在蓝猫酒吧。曾经有一位来自南印度的中年人，他指着秋生眉心那里一道暗青色的伤疤，大惊失色道："在印度，这是神迹啊！"

秋生从没去过印度，所以他有点尴尬地笑笑。

田敏也没去过印度，而且他不管秋生眉心有没有神迹，继续跟他大声嚷嚷："我们年轻的时候，艺术是一条孤独的路，没有艺廊，没有收藏家，没有评论家，也没有钱。但那却是一个黄金时期！"

秋生不断点头："是的，那确实是黄金时期。"

"因为我们都一无所有,反而能肆无忌惮地追求理想——是不是这样?是不是这样?"田敏显得有点激动。

秋生表示衷心赞同。

"而现在呢?"田敏又从我手里接过一杯啤酒。他和秋生一样,只喝最便宜的国产啤酒。"现在什么都有了,有艺廊,有收藏家,有评论家,但是,你能告诉我,真正的艺术在哪里吗?"

秋生也从我手里接过一杯啤酒。他摇了摇头,非常真诚地回答田敏说:"非常遗憾,我也不知道真正的艺术在哪里。"

两个人你来我往,大致就是这样一个过程。然后秋生先离开,总是这样。穿上外套,冬天的时候还裹好围巾,戴上帽子。只有眼睛露出一种打扰了这个世界却实在是极其无辜的表情。他向另外几个朋友打招呼,向调酒师打招呼,向我打招呼……向仍然坐着喝酒的田敏打招呼。

田敏经常喝醉。好几次他都喝得趴在桌子上睡着了。

后来慢慢地,店里没客人了。

等到关门的时候,老板就把他拎了出去。

5

有一次,我下班忘了东西在店里,一大早折返回去。发现田敏还坐在门口的一张椅子上发呆。

"你一晚上都没回家吗？"我有点惊讶。

田敏的头发乱蓬蓬的，脸色也不太好，然而神色相当平静。

"昨晚喝多了，坐在这里想点事。"他耸耸肩膀，回答我说，"半夜的时候，这里有凉风。"

我约田敏去街角一家面店吃头汤面。

"身上带的钱昨晚都买酒了，面钱得你付。"田敏说。

"没问题。"不知道为什么，我觉得田敏一下子变得亲切起来。

或许是为了自我解嘲，吃面的时候田敏半开玩笑半认真地说了这么一句："我和秋生这种艺术家嘛，常常会在吃头汤面的时候付不出面钱。"说完以后，田敏再次哈哈大笑。

我也陪着他笑。

"你有女朋友了吗？"田敏突然转头问我。

"……有过一个，去年分手了。"我回答得很诚实。

"男人和男人相处会很简单，我们彼此分享秘密。男人和女人就不一样了，男人很难和女人分享秘密。"

我认真听着。

"等你长大了自然会明白。"田敏看了我一眼，又低头吃起面来。很快，他喝完了碗里最后一口面汤，擦了擦嘴："那个美国人保罗，你有印象吧？"

"是经常喝醉的那个保罗吗？"我问。

田敏点点头："他参加过越战，据说还杀过人。"

"真的假的？"我心里一惊。

"当然是真的。"

"是他自己说的吗？"话刚出口，我立刻意识到自己的愚蠢。

"谁愿意谈论自己以前杀过人这种事。"田敏点了一根烟，神情突然变得疏离和倨傲起来。

是啊。我想了想。小时候，甚至成年以后我都经常做一个梦。梦里我杀了人，然后有一个很响亮很吓人的声音，在我身边或者从我心里冒出来：你再也不会和以前一样了。从此以后，你是一个完全不一样的人了。这个声音循环往复，有时候把我从梦里直接拽回现实世界。还有些时候，我则再次陷入追杀、被杀，以及杀人的过程当中……直至满头大汗地从噩梦中彻底醒来。

那天，后来，田敏不知从哪里翻出了零钱，结果非但付了他的那份，还把我的面钱也一并付了。而在接下来的几乎整整一天时间里，有一个问题，一直在我脑子里不由自主地闪烁着、跳跃着：

保罗——他真的杀过人吗？

6

店里没什么人的时候，我会随手翻翻书或者涂抹几笔素描。

在我的笔下，田敏微胖而圆润，是个脾气有些暴躁但仍不失风趣可爱的落魄画家。秋生则长着深沉的鹰钩鼻，满脸严肃，眉宇微蹙。

"狂热的理性主义者！一个狂热的理性主义者！"

这是田敏在背后对秋生的评价。田敏的倾诉和他这个人一样，真挚而又略显滑稽："我不能理解，一个人为什么总能那样不温不火，仿佛世界上所有的人都是好的……难道这个世界上确实都是好人吗？真的是这样吗？"

他瞪大了已有醉意的眼睛，热情而急切地望向我："有时候我真想伸出拳头，看看秋生的脸和思想会不会改变形状。"

田敏从来都没有真的向秋生挥舞过拳头，而秋生的脸和思想也几乎不曾有过一丝一毫的改变。反而是美国人保罗——

在我的记忆里，保罗的脸一直是模糊的。也可以换一种表达方式，在很长一段时间里，保罗的脸显得过于轮廓清晰，而毫无特色。就如同他百说不厌的那句"轻舟已过万重山"——已经没有任何再次辨别以及阐释的意义。

然而，那天早晨，当田敏口齿清晰并且表情神秘地告诉我"保罗杀过人"以后，再次在蓝猫酒吧见到保罗，仿佛真的有什么东西变得不再那么明确，并且轻轻晃动了起来。

那是一个电闪雷鸣的雨夜。蓝猫酒吧里流淌着迷幻伤感的蓝调，就如同汪洋大海里漂浮的一只小船。

保罗突然湿淋淋地出现在我面前。

他饥渴地从我手里抢过啤酒杯，接着又兴奋地告诉我，他刚从南方一个热带小岛回来。有一天下海，游远了，在小岛旁边又意外发现了另一个小岛，美丽又荒凉……在海里游泳，远远望见那片陌生沙滩时，他以为是个荒岛；但后来，顺着海浪的方向和借助双臂的力量，越来越接近小岛，双脚触到细软如水的沙滩时，他看到了树林，树林里走出来欢声笑语的人，甚至还有在岛上疾驰而过的老旧摩托……

其实保罗在叙述的时候远没有这么细致丰满。我的英文是有限的，而保罗的中文比我的英文更加有限。很多时候，我和保罗使用最简单的提问句以及最本质的回答来进行沟通。但是，当他讲到那个小岛的时候，他的语言流动跳跃了起来，有一些部分还变成了气雾。或者说，在我的演绎下，成了我想象中的气雾。

"后来呢？"我问保罗。

后来——保罗说，那天很晚了，太阳快落下去了，他和几个当地人在浅滩上踢足球。海浪从很远的地方一波一波涌过来，就像滚滚浓烟一样延绵不尽。而白色的浪花最终与白色的沙粒融为一体……场面非常魔幻。

后来——保罗还说，那里现在正是雨季，一个月里大部分时间都在下雨。他说他也弄不明白，他喜欢且难忘的为什么都是些雨季很长的地方。闷热潮湿，滴滴答答地下雨，空气里都能拧出水来。

再后来，当保罗又喝到第五个半升黄啤时，他的叙述和语言终于再次回到了现实世界。

"你是个很有天分的孩子，"他朝我用力点了一下头，"你应该多出去走走，看看外面的世界。我像你这么大的时候……"说到这里，他突然停了下来。仿佛，向很远很远的地方久久眺望了一下。

"像我这么大的时候，你在干什么呢？"我顺着他的话题，随口一问。

他过了大约三四秒的时间才回答我。

"那个时候，我在越南。"保罗说。

7

田敏以前告诉过我，保罗今年六十多岁了。按照年龄倒推一下，保罗说他在越南的时间，确实正是越战接近尾声的那段时间。

关于那场战争，我基本只在学校影视课上得以了解大概。印象最深的是那部《猎鹿人》和里面出现过两次的俄罗斯轮盘赌。

俄罗斯轮盘赌的规则很简单，在左轮手枪的六个弹槽中放入一颗或者多颗子弹，任意旋转转轮之后，关上转轮。游戏的参与者轮流把手枪对着自己的头，扣动扳机；中枪爆头者自动退出，怯场也为输。坚持到最后的就是胜者。而旁观的赌博者，则对参加者的性命押上赌注。

电影里第一场赌局发生在战俘营，越南军人在左轮手枪里装子弹，然后命令被俘美军轮流朝自己头上开枪；第二场则在南越政府所在地西贡。这一次，往左轮手枪里装子弹的，是曾经被俘的美国士兵尼克。从战俘营逃脱后，他被这种游戏吸引，留在越南以此谋生，如同染上致命的毒瘾……

"你看过《猎鹿人》没有？"有一次，我和田敏一起吃头汤面的时候，我问他。

"没有。"田敏头也不抬，声音很响地吃面。

"到底是谁告诉你——保罗在越南杀过人？"我的好奇心又悄悄溜出来了。

"没有人告诉我。大家都知道。"

"这……难道不是秘密吗？"我困惑地继续提问。

"有些秘密本身就不是秘密。"田敏非常缓慢笃定地吃完剩余的汤面，还顺便瞥了我一眼。

那天的面钱是我付的。田敏确实身无分文了。就像他莫名其妙的回答一样：莫名其妙，却又坦荡无比。

8

而接下来这个晚上发生的事,则完全是一场意外。

事情还要再往前说一说。

蓝猫酒吧的老板既然选了这么一个文艺且工业风的场址,必然也是有那么点文艺情怀的。我才上班的那几天,他就在那里嘀咕着,要在二楼露台办一场前卫的投影摄影展。而被选中的这位摄影家竟然如此具有世俗的声名,却是我偶然之间发现的。

那又是一个被老板拎出去后的隔天黄昏,田敏很早就来店里了。大约过了十来分钟,秋生也来了。隔天两人为了某个艺术观念大吵一架,彼此打招呼时脸上都还没缓过劲来。

突然,田敏在吧台角落里发现了一张摄影展的活动海报。他的眼睛亮了一下。

"我知道他!"田敏兴奋地说,"易都!很有名的摄影家!"

秋生在旁边把脑袋凑过来,仔细地看了一眼那张海报。他的眼睛也亮了一下。

"真的是那个摄影家易都吗?你们真的请到了他?"两个人七嘴八舌地问我,满脸泛出红光。

在得到了我肯定的回答后,他俩各自点了些吃的,田敏抱着酒,秋生则小心翼翼地拿着那张海报,两个人带着两张发光的脸孔,坐到一边认真聊天去了。

那晚田敏和秋生出人意料地没有发生任何争执,甚至看上去颇为温柔体贴,相亲相爱于对方细微的感受。那张有形的海报以及仍然处于想象状态的摄影展,仿佛再次把他们拉回到了艺术的黄金时代。

"我喜欢易都的《苏城纪》系列,他的表达太独特了。"秋生笑眯眯地说。

"他的《低俗小说》《万物生长》……多么生猛!但又多么孤独!"田敏一阵激动,急促地咳嗽了起来。

后来店里人渐渐多起来。忙乱之中,我余光扫到有两个人影手拉手、摇摇晃晃地出门去了。我眨眨眼睛,仔细再看。没错,确实是田敏和秋生。

他们是如此欢乐而忘我,以至于如此自然地忘记了买单。按照那晚的状态来看,我认为他们一定不是有意的。

在我的记忆里,只有这一次,田敏和秋生的表现是如此惊人的一致。而这种一致,则是建立在一位即将在蓝猫酒吧二楼露台举办摄影展的摄影家身上的。

他叫易都。非常有名。

在露台摄影展开展的前一周,我们就陆陆续续地忙碌起来。

按照老板的意愿,露台上的桌椅需要重新排列。

"排成什么样子?"我问他。

"要乱。要压抑。要充满障碍。"他的回答很简单。

"为什么？"我有点惊讶。

"为什么？你爱过人吗？你失恋过吗？"老板意味深长地瞥我一眼，扬长而去。

我呆呆地站着，并且久久回味老板刚才说的那番话。

在学校的艺术赏析课上，老师给我们看过德国舞蹈家皮娜·鲍什的《穆勒咖啡馆》录像。观赏完毕，老师是这样解释的："毫无疑问，咖啡馆就是世界的缩影。里面放满了碍手碍脚的桌椅——杂乱的桌椅就是形形色色的人。它们让你不能自如舒展，感觉局促、拘束、孤独……穿白裙的女人在精神世界的惶惑，以及与自己的纠缠中摔倒，又挣扎着起来，疲惫不堪。直到她鬼使神差地遇到了一个男人，紧紧拥抱在一起。那一瞬间，观众就知道了，这就是爱啊……"

我至今还记得老师突然欢快清亮起来的语调和声音："……这就是爱啊！"

如果蓝猫酒吧的老板没有半途折返回来，接着说出下面这些话，我甚至会以为他可能是那堂课藏在玻璃窗后面的窃听者。

但老板是这么说的："只有局促了，压抑了，才会感觉燥热。你明白吗？"

我冲着他点头。事实上，人体的感受也确实如此。

"燥热了才会多买冰啤酒，现在你彻底明白了吧？"他仿佛突然感觉得意了起来，嘴角咧开，非常灿烂地笑了。

理清了桌椅和酒的头绪，我们接着又讨论了一下露台光线的问题。

除了投影仪，那天的露台是否还需要环境用光？

因为有了桌椅安排的顺利演绎，在光线这个问题上，老板比较谦虚且认真地听取了我的意见。

我说，在课堂上老师讲过一个有名的光色实验。把红黄蓝三色调在一起，变成一种脏兮兮的黑色；而红黄蓝三种光合一起，则变成白光，或者浅灰色的发亮的光……我说，做这个实验，老师其实是想告诉我们一个关于艺术的道理——

"什么道理？"老板扬了扬头。

"所谓艺术，就是只问你一个简单的问题：你的本质里是否有那道光？"

"行了行了，我知道了。"老板干脆利落（也可以理解为有些不耐烦）地摆了摆手，"那天不用装饰光，全部自然光。"

9

我们谁都没有想到，没有等到展览开幕，就在开展的前一晚，我、田敏、秋生，还有保罗，我们四个人阴错阳差地被锁在了二楼露台，而且几乎是整整一个晚上。

本来是很简单的事情。

已经快准备关门了，店里客人基本走尽，老板把钥匙留给了我："今天你锁门。"

田敏和秋生正热切聊天，谈论着明天见到易都后最想请教探讨的艺术话题；保罗则坐在吧台一侧发呆……

我叫上他们三个帮忙，把两盆巨大的绿植搬到二楼露台。一来等待清晨的露水；二来为明晚的光影增添微妙的层次。一切安顿完毕，正想收拾了下楼离开，突然一阵妖风刮来，露台通往底楼的门砰的一声锁上了——那是一扇只能从外面打开的门——以防万一，平时我都带着钥匙上来。但那一晚，什么都留在楼下了：钥匙、手机……一楼已经空无一人。而夜空下的露台，也只剩下唯一的我们：

微醺的田敏和秋生，介于微醺和深醉之间的保罗，还有束手无策的我。

我们很快就接受了现实。

夜已深，露台上微风阵阵，天空中繁星闪闪。

保罗首先躺了下来。

接下来是田敏和秋生。

"你看到了吧。"或许是因为躺着，田敏的声音有点微弱，并且气喘吁吁。

"看到了什么？"秋生把两只手枕在脑后，看起来颇为惬意的样子。

"天上的星——星。"田敏拉长了语调。

"看到了呀。"秋生说,并且慢慢闭上了眼睛。

"前几天我读到一篇文章,说《山海经》里的那些动物、植物、山脉其实都是存在过的。《山海经》讲的是平行世界里发生的事情。"不知为什么,田敏长叹一声。

"是的,我也看到了一篇文章。"秋生接得很快,"但不知道和你说的是不是同一篇。"

田敏换了个姿势,让自己躺得更加舒服一点。

"我来举个例子吧。"他说,"如果真的存在平行世界,现在就有同样的四个人,他们因为刮风之类的意外情况,被锁在了一栋建筑的二楼露台上。但那四个人并不是我们,而是生活在另一个有着云雾缭绕的高山、一望无际的原野、喧嚣嘈杂的城市,和其他七颗行星一同围绕一颗恒星旋转,并且也叫作'地球'的行星上——而且,我们对应的每一个人,他一生的经历和我们的,每分每秒都相同。"

"什么?也叫地球?也就是说,有两个地球?"秋生坐了起来,一只手撑着下巴。

"是的。最新的宇宙模型已经研究出来了,离我们大约 $10^{(10^{28})}$ 米外的地方存在一个和我们的银河系一模一样的星系,而那其中有每一个一模一样的我们。"

田敏显然不太清楚"$10^{(10^{28})}$"的读音,他捡了个小石块，在地上画了出来。

"这真是太诡异了！不可思议！"秋生连连叹息。

"是的，确实很诡异，还有更诡异的事情。"田敏也坐了起来，两只手都撑着下巴。他看了一眼旁边的秋生和我，又看了一眼仍然躺在地上（可能睡着了）的保罗，继续往下说："那篇文章的结尾处还有这样一个观点：当你仰望星空的时候，你头顶所有能看到以及不能看到的行星都处于某种叫作'均衡'的状态中，所以我们不需要担心被星星意外击中。说来也怪，以前我不知道这种假设的均衡，从来不担心头顶的星星会掉下来。但自从知道以后，心里反而很不安。真的，不信的话，你们试试看。"

秋生半信半疑地躺了下来，瞪大眼睛望着星空。过了一会儿，他开始慢慢说话了："是的，是有这种感觉。很不安，非常不安。"

后来我也躺了下来。

很长一段时间过去了，从头至尾，我一句话都没有说。

10

后来，是谁想出了那个主意？是我吗？是田敏或者秋生？反正不会是保罗。保罗可能是真的睡着了。而我们三个则移到了那堆摆放得乱七八糟、碍手碍脚的桌椅面前。田敏竟然还从不知哪个角落里翻出了一箱啤酒。

一瓶啤酒喝下去,田敏变得更加活跃了。

"让我们来聊点有趣的事吧。"田敏说。

"什么有趣的事?喝酒吗?"秋生也喜笑颜开。

"我们来聊聊秘密吧……"

"秘密?"我和秋生都竖起了耳朵。

"是的。谁先说?你生命里最隐秘的……秘密……是什么?"

我和秋生沉默了一会儿,又彼此推让起来。

"田敏,还是你先说吧。"秋生非常难得地提出了自己的想法,特别是在田敏面前。

"好的。"田敏露出了婴儿般纯净的笑容,"我的秘密其实很简单——我想成为像易都那样的艺术家。"

"为什么?"我脱口而出。而秋生仿佛若有所思。

"因为他成功、有钱,可以自由地追求艺术。"田敏回答得铿锵有力。

"但是——"很多很多关于田敏的留存在记忆中的碎片,就像天空中失去"均衡"的行星般向我袭来。

"没有但是,这就是我的秘密,或者说愿望。"田敏的声音变得冷静下来,让我相信他说的确实是真话。

"是的。这其实也是我的秘密,或者说愿望。"秋生似乎有点害羞,很小声地补充了一句。

"你呢？"他们两个同时面向了我。

"我？"

"是的。你。"

皮娜！皮娜！皮娜！

有一个响亮的声音在我四周回荡起来。

皮娜！皮娜！皮娜！

我无比讶异地四处张望。

什么也没有。

但是那个声音仍然在延续。接下来，是皮娜著名的舞蹈《穆勒咖啡馆》里的片段，更多的天空中失衡的碎片、行星、恒星像雨点一样地向我砸来——那种复杂、斑驳，那种暧昧和绝望，那些伸出来的手臂、被捆绑的身体……两个人的拥抱、被拆开、掉落又拥抱、一遍又一遍地抗拒与服从、那些暴力和无声的呼喊。呼喊一些匮乏已久的东西。比如说，那句我对父母和前女友都呼喊过无数次的话（我真的呼喊过吗）——

"只要你爱我。"

然而，我仍然什么都没有说。

11

再接下来发生的事，就愈加混乱了。以至于我第二天都很难回忆起来，究竟哪些是现实，哪些是梦境，还有哪些是我醉后的断片儿(第二天才发现,那箱啤酒全被我们几个喝完了)。

首先是保罗。第二天老板开门后,露台上只有田敏、秋生和我三个人。我们全都喝醉了,在露台上睡了一夜。而保罗……不见了。

与保罗不见了同时发生的,是楼下的白墙上画满了大片浅蓝深蓝、浅紫深紫的色块。老板气得脸都发白了。他在店堂里大喊大叫:"你们告诉我,这是怎么回事! 是昨天晚上莫奈回来画的吗?"

还别说,那梦幻般的笔触真有些像莫奈晚年的《睡莲》。但是——那狂乱、斑驳、纠缠的线条和氛围,分明又让我联想起另外一幅画面,那是另一部我看过的关于越战的电影? 还是保罗昨晚的梦呓? 或者是田敏、秋生的窃窃私语?

——大雨中泥泞的越南村庄,到处都是水塘;一个持枪的背对着我们的美国士兵,还有一个躺在地上、刚刚还微笑着、被人误杀的越南小男孩。

最后,超越这凌乱纠结的一切的,是发生在昨晚的一个细节。只有这个细节,雕刻刀一般犀利,闪电一般透彻,深深地印入了我的记忆。

我记得,我突然走向了躺在地上的保罗。他或许仍然睡着,或许早就醒了。我走向他。不知道是什么样的魔鬼突然占据了我的头脑,我直直地站在保罗面前,我用英语对保罗说了话。我盯着他的眼睛,用英语说了两遍——

Russian roulette(俄罗斯轮盘赌)。

Russian roulette。

12

那天晚上是我最后一次见到保罗。

日暮黄昏时分的流亡

于是我们就在山水之间转了又转。
对了,卡斯特罗还特地要求再吃一次"那
种难吃的面"(他说不出葱油面的名称)。
我看着他满脸痛苦地吞咽下那些面条
(我是多么热爱它们呵),心里则想着:一
个人的一生里,需要接受多少不得不接
受的、悲欣交集的事物呵。

关于卡斯特罗的背景——一个对自身社会感到厌倦与失望的墨西哥年轻人,离乡背井,来到中国——这件事,是印度留学生、蓝猫酒吧的兼职吧台小哥告诉我的。

仿佛森林动物天然拥有的嗅觉,生活在中国的外籍人士可以立刻彼此辨认。吧台小哥比较委婉地暗示说,很显然,卡斯特罗是被他的原生家庭或者社会抛出来的。他做了个向外高抛的手势,说:"就是这样,就像一只脱离正常轨道的气球。"

在蓝猫酒吧,和卡斯特罗亲近的人并不很多。卡斯特罗长得矮,而且胖。英语和中文也都说得不太好。

他的职位是蓝猫酒吧的西餐厨师。

我是蓝猫酒吧的常客。周末或者假日,午后树影婆娑,我喜欢坐在蓝猫酒吧的小院晒太阳。阳光里富含红外线和紫外线,红外线取暖,紫外线杀菌。而与我一起享受这大自然馈赠的,还有一些偶尔途经此地的游客:有些是中国人,还有些则是外国人。

一般来说,我都为自己点一杯咖啡。

蓝猫酒吧用很好的咖啡豆。怎么说呢,如果烘焙师希望咖啡带有大量香气而口味偏酸,就得适当舍弃咖啡的醇度。整个过程处于快烘轻焙与中度烘焙之间,这种分寸极难把握。

有一阵,我怀疑他们偷偷换了咖啡豆。我把印度兼职小哥叫过来,他却并不直接回答,只是朝我羞涩憨笑。

即便蓝猫酒吧偶尔偷工减料换上廉价咖啡,破坏了那种微妙而平静的酸度,我仍然还会坐在小院里晒太阳。作为附近一所旅游中学教龄二十余年的英语老师,一位有着不少闲暇时光的单身汉,蓝猫酒吧的小院具备了特殊魔力:那些途经此地而落座的外国人,那些淡淡的问候、不经意的聊天,极有可能发展成自然而热烈的语言培训。而与此同时,我还另有副业:当地古街、古镇以及古典园林的兼职导游。

"来吧,来吧,跟我去看一看这座城市吧。"

有些时候,非常简单,事情就这样成了。

蓝猫酒吧招聘面试那天我也在。当时招聘两个职位,一位活动经理,另加一个新厨师。最终参加面试厨师岗位的有两人。一个是看上去三十多岁,或者四十多岁的男人,据说来自美食之乡广东。此人大鼻子,厚嘴唇,笑容真挚诚恳。另一个就是卡斯特罗。

我在院子里抽了一支烟,喝了半杯咖啡,发了会儿呆。后来,吧台小哥就出来叫我了。

"他们正在做菜呢。"他用右手食指点了点二楼厨房的方向,"过会儿你一起试吃吧。"

有着天鹅般白皙挺拔脖颈的意大利美女克劳迪娅，就是在这时走进蓝猫酒吧的。她穿过树影摇曳的小院，推开那扇摇摇欲坠、嘎吱作响的木门，如同电光石火般，整个空间闪闪发光。

我，吧台小哥、蓝猫酒吧老板、法国人克里斯托夫，以及刚从二楼下到楼梯一半的卡斯特罗……我们，所有的人，全都张大了嘴巴，呆愣在那里。

"像天鹅湖。"

我听见一个声音，就像长满毛茸茸翅膀的阳光，在整个蓝猫酒吧上空回响。

虽然大家几乎都对克劳迪娅寄予厚望（据说她的个人简历几乎融合了女明星、女强人以及社交达人的所有特质），但美女克劳迪娅最终仍然没能通过面试，成为蓝猫酒吧的新活动经理。卡斯特罗给我的解释是："那个女人像个女王。"卡斯特罗并没有因为她美得明艳像太阳而头脑发昏，这让我暗暗吃惊。那天克劳迪娅穿了件黑色连衣裙，亚麻色波光粼粼的头发梳成一个简单马尾。她从小院里侧身而过的身影，让我想起一位欧洲老电影明星。旧海报上经常出现的，但一下子说不上名字。小院里突然传来嗡嗡嗡嗡、时明时暗的声响，有点像蜂群飞过。但与此同时，我又肯定方圆几公里内绝对不会出现类似生物。过于完美的事物容易令人紧张。后来，我这样向自己解释。

卡斯特罗目睹了面试的全过程，他断断续续告诉我一些细节。他的判断是，在工薪酬劳方面，克劳迪娅要了太高的价钱（不知为什么，卡斯特罗说价钱的时候，我脑子里冒出来的却是"筹码"两字）。据说当时克劳迪娅夸奖了蓝猫酒吧的品位，以一种意大利人特有的诚恳、夸张和热情。她说，在这么美妙的地方，她完全可以施展她的想象力和创造力。她可以干这个，也可以干那个，几乎没有什么是她不能干的。她一定能把蓝猫酒吧搞得生意兴隆，歌舞升平，赚上大钱。结果，她先给自己要了一个很高的价钱。

　　蓝猫酒吧给不出这笔钱，这就是事情的终极答案。生意不景气，并且看不到希望，这或许就是招聘新经理的原因。希望带来新的活动和动能，然后带来钱。大家都知道克劳迪娅合适。亚麻色头发，一轮小太阳，一种新的文化。但克劳迪娅实在太贵了。

　　那天，克劳迪娅离开前在小院停留了会儿。她还向我借了火。她笑的时候很美，她弯腰点烟的时候有点沧桑。这一切，都让我再次想起旧海报上的欧洲电影明星。我年轻的时候，第一次看那些海报时，觉得每个外国女人长得都很像。

　　卡斯特罗后来得到了主厨的职位，留了下来。他给我的解释是：第一，他的墨西哥菜做得好；第二，他要价便宜。他说这话时，面部表情愉悦轻松却又狡黠。仿佛这既是事实，同时又是某种计谋。卡斯特罗很喜欢这份新工作。上班第一个星期,他经常端着盛菜的盘子,亲自跑上跑下。他胖,因此略微气喘吁吁,但脸色绯红,非常喜气。

卡斯特罗喜欢在蓝猫酒吧的小院和我聊天。他工作间隙出来抽烟,如果看到我在,两眼就会闪闪放光。其实我们两个共同的话题并不多,一部分因为经历,一部分因为语言。我非常清楚卡斯特罗接近我的原因:孤独。而我呢,不断把话题拉回到招聘面试的那个下午,拉回到克劳迪娅。克劳迪娅太美了。我知道,在这个城市,外籍人士有着他们的小圈子,这么美的女人,说不准会给我兼职导游这个副业带来不少潜在利润呢。

然而,卡斯特罗似乎并不喜欢克劳迪娅。我试探着提出几个问题,他的嘴角却总是呈现礼节性的微笑曲线。他一边微笑,一边用力去踢地上的一堆小石块。很快,我就识相地闭上了嘴巴。

无论开价太高的克劳迪娅,还是要价便宜的卡斯特罗,似乎都不具备成功挽救蓝猫酒吧的能力。生意仍然很差。即便大家都热爱卡斯特罗做的墨西哥菜,即便蓝猫酒吧近期的现磨咖啡在酸度和醇度上达到了惊人的微妙的统一(如同克劳迪娅那惊鸿一瞥)……终于有一天,吧台小哥神情忧伤地告诉我:"老板算了一下,说目前蓝猫酒吧呢,多开一天门,就多亏一天的钱。"

"是这样的啊。"我不无忧愁地回答他。

"是这样的。"吧台小哥非常诚实地看着我。

吧台小哥在附近一所医学院学医。很多人说他来自印度的高种姓阶层。这类事我不太能理解,但大家都告诉我这是事实。说目前能有钱来中国留学的印度留学生,很少有低种姓的,即便你只是看他在这里洗洗盘子刷刷啤酒杯。

吧台小哥确实大多数时间都在洗盘子以及刷啤酒杯,但也有一部分时间在发呆。后来,我发现他数学学得也很好。

"这个月的加班工资是不对的。"有一次,他在我旁边嘀咕了一句。

接着,他又把这句话延伸开来,说他仔细算了算,这个月以及上个月,他拿的加班工资都少了。他很认真地告诉我,他可以理解"多开一天门,就多亏一天钱",但把加班工资算错这件事终究是不对的。

又过了大概两个礼拜的样子,在一个暮色苍茫的黄昏,吧台小哥和我聊起了"康波周期"这个词。

"最近我看了一些书,弄明白了。目前我们确实处在第五轮'康波周期'最后衰退的十年中。"

我吃惊地扭头看了他一眼。我知道"康波周期"这个词,应该是经济学方面的术语。但具体是谁提出的,又是在什么时间以及什么背景下提出的,我的记忆并不清晰。而且,我做梦都没想到,有朝一日,会和一位印度兼职刷盘子小哥聊起这个话题。

我点上一根烟,很快吸了两口。我说是呵,目前很多地方经济不景气,前景也难以预测。说到这里,我突然话题一转,我问吧台小哥:"医学院毕业后你有什么打算呢?"

他想了想,回答我说:"回孟买。"

他摸了摸自己的鼻尖,笑得有点腼腆:"回孟买,开一家私人小诊所。"

"你去过孟买吗?"紧接着,他这样问我。

我摇摇头。

"孟买怎么样?"

"很大,"他抬头望了望天空的方向,"非常炎热。有时候有点荒凉。"

在我的印象里,西餐厨师卡斯特罗很少会说这些俗气的事情。他对加班工资之类没有过于强烈的执念,就如同南美人普遍对于时间的流逝没有过于强烈的概念一样。与此同时,他很信任蓝猫酒吧的老板、法国人克里斯托夫(我猜测其中有个重要原因,当时二选一的面试,克里斯托夫毫不犹豫地选择了他,而不是那位来自美食之乡的广东人)。那段时间正逢暑假,我三天两头朝蓝猫酒吧跑。有时有那么几个客人,有时客人很少,有时只有卡斯特罗和吧台小哥守在店里。世界总是充满了悖论。看到他们两个在一起时,我经常冒出这样的想法。

一般来说，卡斯特罗只在喝多以后才真正话多。我的意思是，那种不再顾及语音、语调以及语法的表达。

　　有一次，卡斯特罗下班早，和我在院子里喝了几杯。他突然说了这样一段话：

　　"我们出生在一个混沌的世界。混沌的世界让我们越来越老。人们喜欢为权力而战。我嘛，更喜欢喝酒。"

　　我大吃一惊。且不论这话富有气势，很不像平日里说话断断续续、磨磨蹭蹭的卡斯特罗的风格；更为重要的是，在这里，卡斯特罗运用了一段近乎流利而完美的英语。

　　"卡斯特罗！卡斯特罗！"我惊讶地叫着他的名字。

　　他也愕然抬起头，张大了嘴巴。

　　"你刚才在说什么？你再说一遍！"

　　卡斯特罗眨了眨眼睛。有那么一会儿，他还魂般地望向我，望向蓝猫酒吧外面深蓝色的夜空，夜空里挂着如同美女克劳迪娅般神秘闪烁的星星；接着，他仿佛猛然被唤醒，回到了现实空间，又成为了那个长得矮而胖、英语和中文都不怎么好的卡斯特罗。

　　他把刚才那段话的意思又说了一遍，只是再也说不出那样流利华美的语言了。

　　与蓝猫酒吧"做一天亏一天"的生意相平行，我的兼职导游副业也相当冷清。有不少朋友替我寻找原因，说这是城市布局的缘故。那些热爱蓝猫酒吧的老客人,那些喜欢乔伊斯、叶芝、布尔加科夫的文艺青年、中年和老年(蓝猫酒吧曾经有段时间办过相当专业的读书沙龙),那些热爱莫奈、塞尚、莫兰迪以及基里科的时尚人士,都已随着城市格局的改变和拓展迁徙到了另一个方位、另一个区域。有人告诉我,他们曾经看到过美女克劳迪娅,就在那个区域。闪闪发光,映照夜空。

"时代变了呀。"他们微笑着对我说。

卡斯特罗来得晚,没有见过蓝猫酒吧的全盛时期。然而,由于同样的落寞,他慢慢把我看成了自己人。

"你没有在异国他乡生活的经历吧?"有一次,他这样问我。

我想了想。我说是,确实没有。早年的时候倒是一直有这样的期望,但后来因为种种原因受挫。

"结果,就成了现在这种样子。"我自嘲地说。

"就成了一名英语教师。"然后,我又不无快乐地笑了起来。

卡斯特罗的眼睛一亮一亮,仿佛有很多传奇的小星星。卡斯特罗告诉我说,他父亲是从拉丁美洲移民到北美打工的,并且在旅途中遇到了未来的妻子,也就是卡斯特罗的母亲;而他的祖父则是从欧洲移民到新世界(美洲)的,同样也是在旅途中与未来的妻子,也就是卡斯特罗的祖母一见钟情的。

"当我们来到一个远离家乡的新大陆时,我们一定有着共同的怀旧、孤独和疑惑。"

卡斯特罗用他一贯的、磕磕巴巴的、语法混乱的英语表述着这样的意思。也不知道为什么,我一下子就心领神会了。我看着他,仍然不知道为什么,我的眼眶有点湿漉漉的。

有些时候,卡斯特罗表现得出人意料的懂事,甚至令人感动。

"你带我去看看这座城市吧。"他很认真地对我说。

接着,他又非常诚恳婉转地解释道,他知道这是一座历史悠久的中国南方古城,很有名气;他也知道我是一位"极有文化"的当地导游;另外,在现实层面,他面露腼腆地补充说,他钱不多,所以可能出不起昂贵的导游费,但是——"我们一起出去散散心吧,我请你吃饭!"

他豪迈地、非常具有中国特色地这样说道。

后来,我们就一起出发了。

我带他去了一个不远不近的地方:常熟。

那是非常宁静的下午以及黄昏。我和卡斯特罗坐在虞山脚下一个小茶馆里,后来我们又去逛了尚湖。或许次序是反过来的,我们先去了尚湖,然后才在虞山脚下吃了蕈油面。很明显,卡斯特罗不习惯蕈油面的口味,但他还是很配合地微笑着把它吃了下去。尝试一切新鲜事物,无论你喜欢还是不喜欢,或许,这就是旅游的真谛。

虞山旁边的兴福禅寺正在维护检修，我带着卡斯特罗在外面转了两圈。他对禅寺门口的那副对联产生了兴趣。

"山中藏古寺，门外尽劳人。"我把它读了出来，又把它简单解释了一下。我认为对于卡斯特罗来说，这两句话应该也像那碗口味清奇的蕈油面，他未必能辨出其中的真意吧。

卡斯特罗什么都没说。

他只是很认真地看着我说话的口型。那种观察的表情，自由、平静而丰盈，仿佛对什么都心满意足。无论是听懂的，还是没有听懂的。说真的，他那副样子真的有些感动到我了。

后来，过了几天，我在蓝猫酒吧再次碰到他。卡斯特罗非常热烈诚挚地感谢了我。他感慨地说："太美了，真的太美了。那天的景色让我想到莫兰迪的画。"

蓝猫酒吧的西餐厨师卡斯特罗，他喜欢画家莫兰迪以及他的作品，这是我没有想到的。就如同吧台小哥突然与我谈论"康波周期"，这世界总是充满了令人讶异的元素。

但是，我仍然不能理解卡斯特罗对于莫兰迪的喜爱。我觉得卡斯特罗身后的拉丁精神，应该让他亲近毕加索的立体主义，或者超现实艺术大师基里科（我的手机屏保就是一张基里科的画）才符合逻辑。莫兰迪多么安静呵，多么不性感呵。

强烈的好奇心让我拿起翻译器，然后手脚并用地和卡斯特罗深度交流了半天。

"你为什么会喜欢莫兰迪呢？你怎么就会喜欢莫兰迪呢？"

颠来倒去就是类似的问题。

然后卡斯特罗的答案，至少答案的主线也是异常明确的："莫兰迪多么性感呵！你怎么会认为莫兰迪不性感呢?！"

卡斯特罗大致是这样的意思:他认为莫兰迪的画真的非常性感。因为在莫兰迪的构图与色彩中呈现出了一种微妙。莫兰迪把他最最敏感、最最敏锐的,对于边线的、对于色彩的、对于浅灰色的这种原色的无止境的微妙呈现出来了。

"而这,就是莫兰迪泄欲的方式。"卡斯特罗说。

"然后,在他泄欲的过程里,他留下了痕迹。"卡斯特罗又说。

我如同膜拜一个怪物般地仰望着卡斯特罗。

这样我就突然想明白了。

我跟卡斯特罗半开玩笑半认真地说:"现在,我知道你为什么不喜欢美女克劳迪娅了。"

卡斯特罗愣了一下，往后缩了一缩。他还是不太习惯和我谈论女人。当然,谈论莫兰迪和他作品的泄欲是另外的事情,那是艺术。

然而他还是接了我的话。他是这样回答的:"我不喜欢过于艳丽的东西。"

是的,卡斯特罗说,他不喜欢过于艳丽的东西。这就真的解释了一切。艳丽的发光的美女克劳迪娅即便让我魂牵梦萦，但在卡斯特罗眼里，她的美过于直露了。她并不神秘，所以，她一点都不性感。

挺长一段时间以后，我才从吧台小哥那里知道，卡斯特罗心里已经有人了，还是个中国女孩。她叫阿梅。

阿梅是评弹学校的学生。老一代的苏州人有些还记得，当年这所学校迁至城外时，周围还是一片稻海。女学生们多数是古典主义的长相：细眉圆脸加上无辜的大眼睛。江南这一带的女生，身形大多不高，娇小细致，衬托着背上略显臃肿的琵琶，有一种令人无法克制的乡愁与爱怜。

谁也不知道卡斯特罗是如何喜欢上阿梅的。但是，我们都认为阿梅不太可能喜欢上卡斯特罗。其一，阿梅不是先锋文艺青年，卡斯特罗这种神秘异域文化背景，在她心里无法泛起涟漪；其二，如果阿梅是世俗中人，那就更没有可能了。因为卡斯特罗非但没有钱，几乎还是个穷光蛋；然而，无论如何，事情都没有糟糕到那种地步。阿梅是个善良、古典，还有些老派的姑娘。她知道卡斯特罗喜欢她，而她的拒绝，也至多停留在疏离，停留在见面时微微的脸红，以及友好的距离。

这可苦了卡斯特罗了。

他不知道这究竟属于默许，还是否定。他跑来问我。

他清澈而焦灼的目光阻止了我直接的回答。它们变得犹疑而闪烁，而这种犹疑闪烁又愈发让他焦虑而彷徨。

渐渐地，外面开始风传，蓝猫酒吧的西餐厨师卡斯特罗暗恋着某位姑娘。

"卡斯特罗呢？"

"去抽烟了。"

这几乎成了一句暗语，表示卡斯特罗去了小院，并且正在思念那位姑娘。

那段时间，就连卡斯特罗的墨西哥菜里都弥漫着一种甜津津的味道。很微妙，但是，也很孤独。与此同时，还发生过一些或大或小的事。有天晚上，卡斯特罗下班回家时一脚踩空，掉进了蓝猫酒吧附近的小河沟里；还有天晚上，他骑了一辆刚买的电动自行车，拐弯连着上坡时，狠狠摔了下来。急诊护士没打麻药就在他右耳上方缝了二十几针。这些事拉近了我和卡斯特罗的距离，我总是尽可能地陪伴他。当然，我尽可能陪伴他的前提是他在危难之时，常常首先想到我。其中缘由，谁也说不清楚。我们坚守着某种神秘的感受，因为神秘而无从确认无从言说，我们才认为是值得信任的。

在踩空、跌倒、缝针、等待、发呆、抽烟以及大部分人遇到真爱而显露出的木讷中，卡斯特罗渐渐意识到，他陷入了一段没有可能的情感之中。

他整个人有点灰蒙蒙的，中文和英语都越发差了，几乎到了找不到语法的程度。有一天他告诉我,他出现了奇怪的幻觉。他说,他看到阿梅背着琵琶站在蓝猫酒吧旁边的一座小桥上。

蓝猫酒吧旁边有好几座小桥,我连忙问他是哪一座。

果然,卡斯特罗说出的桥名,正是他曾经一脚踩空、摔下去的那座。

我开始担心起他来。

"卡斯特罗,卡斯特罗,我们出去远足,散散心吧。"我想起他来自魔幻的美洲大地,于是非常真诚非常小心翼翼地对他说。

卡斯特罗看了我一眼,没有什么表情。

又过了几天,他再次和我谈起那个幻觉。他说,他又看到阿梅了。她还是站在那座小桥上,与上次不同的是,这一次她没有背着琵琶。

我想,我没能掩饰住脸上的惊惶与迷惘。

接下来,卡斯特罗和我的所有谈话,都开始围绕着那个幻觉展开。只是随着时间的流逝,他更多地和我谈论如何摆脱这种幻觉,而不是幻觉是否存在,或者如何持续获得。

终于有一天,他耷拉着脑袋对我说:"我们一起出去散散心吧。我请你吃饭。"声音很轻很虚弱。

我们又去了常熟。又去了虞山、尚湖和兴福禅寺。

这是卡斯特罗提出来的。他说他喜欢那个地方，喜欢那些如同莫兰迪的画一般的景色。那些景色勾起他的欲望，又让他克制住它。

于是我们就在山水之间转了又转。对了，卡斯特罗还特地要求再吃一次"那种难吃的面"（他说不出薹油面的名称）。我看着他满脸痛苦地吞咽下那些面条（我是多么热爱它们呵），心里则想着：一个人的一生里，需要接受多少不得不接受的、悲欣交集的事物呵。

后来的事大家就都知道了。大流行病来了。

这几件事的顺序我不太能够说得很清楚。哪个在先，哪个在后，或许是同时发生的，彼此之间有着潜在的秘密因果。反正几乎差不多的时候，"做一天亏一天"的蓝猫酒吧宣布倒闭了。

吧台小哥是第一个走的。他看上去有点沮丧，他说他父母催他回去，但其实他是不想走的。再说，还有一年多才从医学院毕业……我和他在蓝猫酒吧的小院里站了会儿，他很严肃地对我说，人类社会的命运，不容乐观。

我很诚恳地点了点头。然后承诺说，如果一切比较快地平息，我会和他在"荒凉"的孟买见面。

西餐厨师卡斯特罗的离境机票，则是蓝猫酒吧老板克里斯托夫买的。卡斯特罗没有回墨西哥，他考虑了一天，告诉克里斯托夫说，他想去泰国。他说他在那里有几个朋友，开着一家不大不小的墨西哥餐厅。当时泰国还没有暴发疫情,一切都是安全的。而我,也在几年以前做过一段东南亚线路的导游,对泰国的几个小岛留下了相当美好的印象。我匆匆忙忙地和卡斯特罗见了一面,我们拥抱了一下。卡斯特罗突然哭了起来,放声痛哭,几乎把我吓了一跳。以前他深夜掉进河沟,被急诊护士无麻药缝了二十多针都没哭过,为了阿梅单相思出现幻觉也没哭过,但这次哭得眼泪鼻涕都一起掉下来了。

我也觉得很伤感,仿佛什么重要的东西正在离我而去,又无法控制,完全无能为力。

这些都已经是三年前的事情了。

卡斯特罗离开后,有段时间经常给我写信,告诉我他在泰国住下来了。墨西哥餐馆的生意有时候好,有时候不好。他还告诉我,他非常想念中国,他希望找机会回来。但很快,泰国的疫情也严重了。

我换了一个地方喝咖啡。这几年,街上很少看到金色头发了,所以,我都有点忘了金发美女克劳迪娅的模样了。

倒是有一次早上做核酸检测。排队的时候,在我身后大约三五个人的样子,有个背着琵琶的女孩子。浓密的头发,娇小的身形。不知为什么,我觉得她很像那个我只是听说过,但在现实生活里从来都没见过的阿梅。

唯精神论者

你可以写无产阶级的小说，也可以
写资产阶级的小说，但绝不能写小资产
阶级的小说。

"你可以写无产阶级的小说,也可以写资产阶级的小说,但绝不能写小资产阶级的小说。"

默片俱乐部后半段聊天时,徐世钧突然没头没脑冒出这样一段话。

我没有接话,因为我不能确认这话的指向。可能指向我,但也可能不是。

我的主业是写报刊专栏的,三流作家。小说只是偶尔为之。当然那天在座的还有几位报刊专栏作家,也是三流左右,也会有人偶尔来篇小说什么的。

所以当时我们都愣住了,面面相觑,场面一度有点尴尬。

是歌手咪咪率先打破了沉默。

咪咪是蓝猫酒吧聘用的驻唱歌手,通常出现在每周四默片俱乐部结束后的闲散时段。她性格开朗,音域宽广,非常适合把人从历史的魔幻、感伤,甚至泾渭分明的深渊中,拖回色彩斑斓而混沌的现实世界。我第一次被咪咪打动,是在某次即兴演唱时,她发出了一个匪夷所思的完美高音。唱完以后,我就直接冲了上去。

我说:"咪咪,我可以请你看场电影、吃个饭吗?"

这就是我和咪咪走近的过程。因一个明亮的高音,两个形体相差很大的女人（我长得纤弱娇小，咪咪的身材则是洪亮音色的有力支撑），度过了一个轻松愉快的下午。我请她看了一部比较小众的电影——关于一位黄梅戏女演员的自传，后来又邀请她吃了全套下午茶。在这个过程中我们聊了很久，涉及方方面面。她的坦荡敞亮，还有不时发出的笑声，这一切，统统令我感动。

有些地方咪咪和我非常相像。比如说，对生活仍然抱有幻想。还有些地方则不太相同，甚至完全相反。就如同那个直入云霄的高音，咪咪简直是超强意志力和不屈不挠的典范。她告诉我，她来蓝猫酒吧驻唱，主要是为了赚钱（这个我完全能够理解）。而这里结束后，她还要赶下面两个场子，直至午夜时分。除此以外，她还是一位单身母亲，与十多岁的小男孩同住。她说这些时毫不避讳，倒令我稍稍有点吃惊。更让我吃惊的是，她抬手看了下手表，叫来服务员，干净利索地买了单，并且顺手把餐厅赠送的小礼物放在我面前：一小束金灿灿的雏菊。

我把她的顺手买单理解成习惯，关于独立的习惯。因为除此以外，完全无法解释这个行为。

关于"无产阶级""资产阶级""小资产阶级"，以及它们与小说关系的那段话，是徐世钧说的。他是一位自己创业的前高校美术教师。两三年前，徐世钧在蓝猫酒吧旁边开了一家小型画廊:"独尚"画廊。

画廊生意一直不是很好,所以徐世钧常来蓝猫酒吧坐坐。他经常穿一件粉红色带绿条子的衬衫,坐在临河靠窗的座位上。喝茶、咖啡、啤酒,翻书,以及沉思。徐世钧抽烟,并且烟瘾不小。他离开座位去外面小院抽烟的时候,那个空间顿时变得灰蒙蒙的,仿佛凹进去了一块。直到一支烟或者两支烟的工夫,粉红深绿间隔的"色块"归来,把那个空间再次填满。

我带着笔记本电脑,坐在徐世钧的斜对面。我每周平均有三到四个专栏:第一个关于美食,第二个关于美容,第三个关于情感,第四个不太固定,关于历史与未来。如果报纸版面足够并且允许,我一般会处理成:历史上的美食与美容,或者未来世界的美食美容。

徐世钧从来不试图主动和我说话。

如果歌手咪咪是一个匪夷所思的完美高音,那么,徐世钧就是沉闷的低音鼓。他吸收周围的噪声,使一切重归安宁。

所以说,那天,蓝猫酒吧著名的默片俱乐部后半段,大家开始聊天的时候,徐世钧突然冒出这样几句话,我是有点吃惊的。

"你可以写无产阶级的小说,也可以写资产阶级的小说,但绝不能写小资产阶级的小说。"

当时在场的,有我、徐世钧、歌手咪咪、专栏作家暮生、雾生和桔生，还有德国人瓦格纳，以及他的双胞胎弟弟——我们叫他小瓦格纳。

瓦格纳和小瓦格纳是附近国际学校的外教，蓝猫酒吧的常客。而暮生、雾生和桔生都是第一次来蓝猫酒吧。

"那个默片俱乐部……有点意思的。"是我邀请了他们。对徐世钧来说，他们应该只是初次相识的陌生人。

那么，画廊老板徐世钧的这段话，究竟又是说给谁听的？

那次和咪咪一起喝下午茶的时候，我们倒是聊过类似的话题。

"你的歌声具有魔力。"我首先非常真诚地夸奖了咪咪。

咪咪笑了。她笑的时候就如同清爽的流水。

"而我，只是一个三流作家。"说完这句，我也笑了。我认为这句话里含有黑色幽默的意味，而这，是一种相当高级的表达与能力。

"三流作家？"咪咪眯起了眼睛。

"你太谦虚了。"咪咪微笑着端详我。

我连忙解释说："这确实不是谦虚。"

"那么，什么叫三流作家？"咪咪开始追问我。

我想了想，不太确定地回答："就是说，我的写作几乎从不触及本质。"后来，我补充了一句："但它们是优美的。"又过了一会儿，我再次补充："至于说，是为了维持优美而无法触及本质,或者反之,我就说不太清楚了。"

这个回答咪咪一定不满意,因为她沉默了不算短的一段时间。

后来她聊起了小男孩嘉林。嘉林最近身体和精神都出现了问题。有时候睡眠不好;有时候胃口不好;更多的时候是心烦意乱,只要有人和他说话他就心烦意乱。

咪咪带他去看医生,一位白胡子的老中医。

看完医生后的第五天,吃完晚饭,小男孩嘉林犹犹豫豫地问咪咪:"妈妈,以后,我是不是永远都不能喝牛奶了?"

咪咪回答说:"那位老中医的意思是,人过了婴儿期就不需要喝牛奶了。但我并不这样认为。你现在不能喝牛奶,是因为你自己要求看病,你说自己不舒服,所以你必须遵守规则不喝牛奶。如果哪天你告诉我们你好了,我们也觉得你好了,你就可以喝无数的牛奶。"

小男孩嘉林沉默着。很显然,咪咪的回答也没有令他满意。或者说,这个回答有点复杂。虽然从逻辑上来说,它丝毫不存在任何问题。

"这个世界上有很多规则,遵不遵守这些规则,取决于你要成为什么样的人,以及你的强大程度。"咪咪接着往下说,推进着她的逻辑。

前些天咪咪和小男孩嘉林一起看了部科幻电影。电影里的人类世界早已毁灭,人类被机器打败,并成为机器的电池

（机器通过吸取人体的生物能获得能量进化）。为了不让人类有所察觉，机器建造了母体。于是有了母体人（代表被智能机器人征服后，肉体沉睡在培养皿中、感受着电脑幻景的人类）；还有锡安人（代表被智能机器人征服后，极少数从虚拟世界觉醒的人类）。

这是一部很复杂的电影。咪咪承认她也没有完全看懂。但为了推进逻辑，说服小男孩嘉林，只动用电影里的基本概念也是可以的。

于是咪咪对小男孩嘉林说："在所有的选择中，你只能有一种选择。"

小男孩嘉林抬了抬眼睛。

"如果你选择成为母体人，将来过舒适安谧的生活，你就要遵守一切规则。好好读书，考好分数，走绝大多数人的道路，并且从竞争中取胜。"咪咪说。

小男孩嘉林面无表情。

"如果你选择成为锡安人，选择觉醒，反抗既定规则，你就要具有强大的本领和内心，才有可能走出一条属于自己的道路，但会很辛苦……你不能既要叛逆，但是又毫不努力。在电影里面，这种人是第一批被干掉的。"

我不太清楚小男孩嘉林听了咪咪这段话是什么反应，然而，我的脸色却渐渐阴沉了下来。在咪咪和嘉林的对话内容中，我竟然模模糊糊地发现了某种自己的对应物。

如果我们早一点认识双胞胎瓦格纳和小瓦格纳，他们一定很快就能把"三流作家"这件事解释得非常缜密完美。

瓦格纳比小瓦格纳早两年来到中国。他们自小感情很好。在小瓦格纳还没办完手续来到中国时，瓦格纳在窗台上种了一盆绿色植物，辛勤栽培，施肥，浇水。

"它最近长得很好。"有一阵子，他会这样兴奋地告诉我们。

"它这几天有点问题，叶片发黄，没有精神。"还有一段时间，他显得忧伤而又迷惘。

再后来，他比较完整地总结了这盆绿植的神秘之处："它代表着小瓦格纳的未来，以及我和小瓦格纳共同的未来。"

我们私下偷偷议论，认为此种行为有着迷信的嫌疑。但也有人加以纠正，说："这是瓦格纳的信仰。"

当终于有一天，双胞胎瓦格纳和小瓦格纳同时出现在蓝猫酒吧时，我们都已经完全忘记了瓦格纳窗台上的那盆绿色植物。看上去，他们真的很像那种同根生长的植株。瓦格纳微笑着，向左边歪着头；小瓦格纳则同时微笑着，用右手托着自己的腮帮——在生命最初的时期，他们一前一后来到这个世界，其间相隔十分钟。

"你必须承认，"瓦格纳看着小瓦格纳，"我要比你更加懂得这个世界。"带着那么一点滑稽，以及得意扬扬。

我们都很喜欢瓦格纳和小瓦格纳，只是觉得他们不太像德国人。虽然典型的德国人是什么样，我们并不能给出精确的答案。

瓦格纳的中文一般，发音吐字、用词造句如同一台老旧而扎实的机器。令人惊讶的是小瓦格纳的语言能力，大约用了半年时间，他就基本掌握了汉语；与此同时，相对于一直单身的瓦格纳，小瓦格纳很快就与一位中国姑娘交往了起来。

"在你们中间相隔的那十分钟，究竟发生了什么呢？"有时候，我们会和他们如此这般开开玩笑。

蓝猫酒吧周四的默片俱乐部活动，瓦格纳和小瓦格纳几乎每次都参加。有一天，在歌手咪咪结束了她的钢丝高音以后，我们开始聊天说笑话。下面这件事是咪咪的吉他手说的，大致的意思是：

一个老太婆念六字大明咒功夫很深，身体乃至房屋都会发光震动。有一次，一个陌生人听她念咒。她念了，闭目，倾神……但是念完以后，陌生人说："你念错了。"并且纠正她说："不是念'牛'，而是念'吽'。"老太婆承认了自己的错误，从此以后用正确的发音再念。然而，奇怪的是，身体和房屋再也不发光震动了，再也不会出现那些殊胜的场景了。

小瓦格纳大致听明白了这个故事，然后转述给瓦格纳听。

瓦格纳的脸上一点一点地浮现出笑意。

他缓慢地、一字一顿地、如同旧式大卡车驶过清晨初露的街道般,说:"这个故事在说什么?"

他环顾了一下四周。然后,自己把话说下去:

"我理解她,那位女士。她在念那些字词的时候,她的感受,就像——"说到这里,他伸出手臂搂住了旁边的小瓦格纳,"就像我窗台上的那盆植物。我看着它,头脑里浮现出小瓦格纳的形象。如果那时有人打断我,告诉我,它和小瓦格纳完全没有关系,我相信,它立刻就会死去。"

德国外教小瓦格纳和小美是在徐世钧的"独尚"画廊相识的。小美是我开设的那些专栏版面的美术编辑。小美的精神世界很像歌手咪咪:强硬的意志力时不时拔地而起;而身形则多多少少与我相似:小骨架,杨柳腰,给人一种娇媚的错觉。

小美对于小瓦格纳的描述大致可以分成三个部分。在断断续续的聆听中,我理解为小美的共鸣、好奇及困惑。这三个部分都可以通向"爱",当然,也可以随时转向或者回返,就像我们曾经经历的所有情感一样。

第一个部分:小美和小瓦格纳,他们两个都无比热爱马塞尔·杜尚,那位法国艺术家。与此同时,同样热爱这位 20 世纪实验艺术先锋的,还有画廊老板徐世钧。你猜对了,"独尚"就是杜尚的谐音。

小美回忆说,她和小瓦格纳第一次相遇,是在画廊一楼的角落。旁边墙上则是杜尚那句著名的话:我一生一点遗憾都没有。真的没有。

"您的一生有遗憾吗？我的意思是：迄今为止。"

小美说，当时是小瓦格纳首先向她提问。当然也不排除发问的人是她自己。然后，他们都笑了。因为知道这问题其实无解。

他们交换了对于杜尚和艺术的看法，结果惊人的一致。两人都极其欣赏杜尚那种非常轻松、基本温润的风格（甚至当它表现在矛盾以及对立中）。这个人从来没有奋力制作，或者迫切需要去表达自己，从来没有那种需要——小美认为这种姿态很牛。当然了，我知道这其实暗合小美孤傲的内心，她一直认为报社美编的职位配不上自己……然而小瓦格纳热烈而诚挚的附议，让两人很快引为知己。而这本身是多么了不起的事情啊。第一次相遇就以杜尚作为背景，暗示了这种关系的独特，以及具有不可预测的延展性。

第二个部分：小瓦格纳告诉小美，来中国以前，他原先任教的一个学院因为经济问题倒闭了。然后，有一段时间，他混迹于（当然，他没有直接使用这个词）柏林一些私人画廊。通常年轻人会占据那些地方，他们是自由知识分子、艺术家和乌托邦分子。

小瓦格纳接着说了这样一句话。他说，一段时间以后他决定离开，因为"与艺术家相处太复杂了"。

这个部分是小美不太明白的。因为她认为艺术家的特色以及优点之一，就是简单。

第三个部分与现实有关。

他们相爱了。两人都有些惊愕、困惑，但又不约而同地意识到了这个问题，非常严肃的一个问题。虽然他们共同的偶像杜尚，他很早就认识到，人不应以太多的重压拖累自己的生命，诸如忙碌的工作、妻子（丈夫）、度假屋、轿车等，但是，在这个阶段，杜尚的光芒很快褪去了。

接下来，形象与气息代替逻辑站到了前台。

有一段时间，代替了瓦格纳，与小瓦格纳同时出现在蓝猫酒吧的，总是小美。他们坐在以前双胞胎坐的座位上，背对着我们，但即便是背影也洋溢着微笑。那些甜蜜的下午、黄昏及夜晚，哥哥瓦格纳或者姗姗来迟，或者完全缺席，也有那么几次，他们三个人围坐在一起，小声说话，突然又爆发出一阵掀翻屋顶般的大笑。

应该是画廊老板徐世钧干的事吧。有一天，徐世钧照例穿着粉红色带绿条子的衬衫；我照例带着笔记本电脑，坐在他的斜对面，苦思冥想我的专栏。就在这时，瓦格纳一个人出现了。

点头招呼寒暄以后，我听到了徐世钧的声音："您窗台上种的那盆绿色植物，最近……怎么样了？"

孤独让人清醒而智慧。那是瓦格纳逻辑思维最清晰的一段时间。

我甚至有机会偷偷向他请教一些非常抽象的问题。

我向他倾诉我的困惑。我知道我的写作几乎从不触及本质；我的所有文字都极难带来快感；我并没有企图撒谎；我尽可能保证文字的优美（多多少少，它们能慰藉我）……但是，我仍然觉得自己是三流作家。

"什么是三流作家？"

瓦格纳用了很长时间才听明白大致的意思，但他的回应相当迅速。仿佛，他一直就在那里等待，等待着我提出类似的问题。现在好了，我问了，他缓慢而坚定地给出答案。

"三流作家书写世界的虚相，比如说，今天天气很好，太阳温暖，我们马上要在午餐时享用美味的食物，心里想着：某人爱着自己啊。那种感觉，美丽、忧伤而又甜蜜。"

我若有所思。

"二流作家书写世界的真相。通常来说，它们整体扭曲、怒目、寒冷。"

"比如说呢？"我小声地提问。

"比如说，我是德国人。我住在柏林的时候，几乎每周末都会去市中心的浩劫纪念碑……你应该明白我在说什么。"

"那么，一流作家呢？"

瓦格纳的眼睛突然亮了一下。他灿烂地微笑着说："我窗台上的那盆植物！"

是的，从头到尾，我都没弄明白徐世钧的那段话究竟指向谁——

"你可以写无产阶级的小说，也可以写资产阶级的小说，但绝不能写小资产阶级的小说。"

无论你是几流作家，都能听出其中掺杂着讽刺的意味。然而讽刺、荒谬也好，黑色幽默也罢，都不像丝绸锦缎般光滑。至少，我承认，我是被刺痛了的。就像歌手咪咪转述她和小男孩嘉林的对话，电影里那些肉体沉睡在培养皿中，感受着电脑幻景的人类……

我的本能差点让我脱口而出："你在说谁呢?！"

我的理智阻止了这样的行为。

我转身假装和其他几位报刊专栏作家聊天说笑，我假装没有听到徐世钧的话，或者没有听明白他究竟在说什么。这样就好多了，就容易多了。和暮生、雾生与桔生说说笑笑，他们也乐意和我说说笑笑，尴尬难堪的时间很快就过去了。更何况还有歌手咪咪，她用嘹亮的歌声及一记响亮的定音鼓，锁定了我们几个三流作家暂时的胜局。

当然，我其实是希望了解真相的，但不是在如此公开难堪的场合。而是私底下，偷偷地、顾及体面地交换意见。

但是，没有时间了。

因为这些年所有人生故事的最大转折，都可以用以下这句话来概括：

后来的事情大家就都知道了，大流行病来了。

我最后一次见到徐世钧，是在蓝猫酒吧的告别之夜。那天晚上，歌手咪咪的歌声有着一把钢丝一把眼泪的效果。蓝猫酒吧里灯光交织、幻灭、闪烁，非常迷离莫测。突然，我看到有个身影在门口一闪，忧郁的侧影。

徐世钧？

我听见自己叫了一声。

唱完歌以后，咪咪在我身边坐了会儿。她告诉我说，刚才那个一晃而过的应该就是徐世钧。徐世钧今晚确实来了。

"'独尚'画廊破产了。你不知道吗？"咪咪从随身小包里取出口红，轻描淡写地在嘴唇上画了两下。

或许，我脸上表现出的惊讶反而让咪咪吃惊了。

"这很奇怪吗？"她瞪大了眼睛问我。

"这不是早早晚晚会发生的事吗？"她看着我，眼睛瞪得更大了。

报社美编小美也在那个晚上出现了。她一个人，旁边既没有小瓦格纳，也没有瓦格纳。

她脸色不太好，一副忧心忡忡的样子。

小美告诉我，就在昨天，小瓦格纳把瓦格纳窗台上的那盆绿色植物搬回了家，准备观察两到三天。

"为什么呢？"所有的事情都让我感觉奇怪，简直奇怪极了。

小美说，大流行病来了，瓦格纳和小瓦格纳不得不重新认真考虑他们的将来。而因为她，小美，这一次，他们产生了分歧。

瓦格纳想要离开。

"回柏林吗？"

小美摇了摇头。

小美说，瓦格纳和小瓦格纳，这弟兄俩一直有个约定，如果有合适的时机，他们会相伴去一个气候寒冷的地方住一段时间，一年、几年，或者度过他们的余生。

"寒冷的地方？为什么？"我的问题一个接着一个。

小美继续解释。瓦格纳和小瓦格纳一直希望非常严肃地思考一些问题。随着年龄的增长，这种愿望越来越强烈。而他们一致同意：让人清醒而智慧的不仅仅是孤独，还有气候和温度。

"他们说，有人考证过，热带地区出不了哲学家，温带地区可能也不适合深度的哲学思考。"小美满脸愁容。

至此，我已经完全理解了小美的伤感与忧愁。同胞出生的瓦格纳和小瓦格纳，遵循他们原先的约定，在这个变动的时间点上,他们会一起去地球某处的寒冷之地。但是,现在,小美出现了,她横亘在瓦格纳和小瓦格纳之间,横亘在她和他们的未来之间。

小瓦格纳面临着艰难的选择。

"他要观察那盆绿色植物做出抉择吗?"我忍不住偷偷笑了一下。

"是的。"小美极其认真地回答。

大约三天以后,我参加了送别瓦格纳的最后一餐饭。

瓦格纳、小瓦格纳、小美、小美的家人……大家围坐在了一起。

那天烹饪晚餐借用的是小美家的厨房,厨师这个角色则由瓦格纳和小瓦格纳共同承担。

晚餐的主菜是牛排。当那几块大约五厘米厚度、表皮微焦、中心粉红的牛排,被颤巍巍、香喷喷地端上桌时,天哪,我的潜意识飞快地转动、呈现、喷薄。

还记得歌手咪咪和我的那次聊天吧,咪咪和她的小男孩嘉林,他们一起看的科幻电影里就有这么一段。也是大约这种厚度的牛排,表皮微焦,中心粉红,一看就是出自大师之手。电影里那位人类反叛者塞弗又起了牛排,说了这样一段话:"我知道这块牛排并不存在,我知道当我把肉放进口里,母体会告诉我的大脑,这块牛排既多汁又美味……九年苦日子啊,你知道我学到了什么? 无知是福!"

塞弗想回到母体虚拟世界的理由有很多,那块牛排就是其中重要的一个。

然而,我的联想也就到此为止了。瓦格纳最后的晚餐仍然还是充满了不舍、微笑、爱以及流动的能量,并且很快,最终发展成了瓦格纳和小瓦格纳的单独交流。我们知趣地把时间和空间留给了这对即将分别的同胞手足,而他们也极其自然地无视了我们。就如同关于哲学思考的无数比喻之一:从生活必需品的束缚中醒来。

有些必需品是无法脱离的,比如说长途旅行的飞机。

我、小美、小瓦格纳一起送瓦格纳去了机场。

"十分钟是多么遥远的距离啊。"那天是我开车。在路上,为了缓和多少有些伤感的气氛,我不断地开着玩笑。然而,不知道为什么,那些玩笑总是朝着让事情更伤感、更无法解释的方向而去。

瓦格纳站在国际出发通道口,向我们挥手。他戴上了巨大的白色口罩,所以,真正的告别时分,我们已经看不清他的表情了。

在那个时刻我们是一致的:不仅是瓦格纳,我、小美、小瓦格纳都戴上了巨大的白色口罩。

小瓦格纳选择了神秘的启示(谁也不知道,在那两天,在那盆绿色植物上他观察到了什么），他选择了留下，与小美在一起。而比他大十分钟的瓦格纳，则飞去了一个遥远、荒寒而孤独的岛屿。小美说了好几次，但我仍然很难记住它的名字。当然，最终我还是记住了。那是一个很长很奇怪的名字：南乔治亚岛和南桑威奇群岛。

接下来很长一段时间，我再没遇到小美和小瓦格纳，也没遇到歌手咪咪、破产老板徐世钧，或者专栏作家暮生、雾生和桔生。我们常去的地方都关门了。非但如此，很多人改变了他们的生活轨迹。这种改变经过叠加再叠加，让事情和人物变得模糊了，也不那么迫切了。

只是有两件事情，我仍然是印象深刻的。

其一，有一天下午，我心血来潮地查了一下资料，关于南乔治亚岛和南桑威奇群岛。资料很清晰地告诉我，它由一连串既偏远且荒凉的岛屿组成，属寒带海洋性气候，年平均气温低于 0℃。

其二，又一天下午，我听到外面的小巷有花农的叫卖声。

我无比兴奋地推门而出。

在这个古老行业的偶然呈现时分，我精心地挑选了一盆很小很小的绿色植物，小心翼翼地放在了自己的窗台上。

与大师共进午餐

"我要烧一桌独一无二的菜！"阿豪大声说着。"只有像圣人、疯子或者神秘主义者那样拥有一个整体的视野，才能破译宇宙组织的形式以及……以及美食的形式。"这句话的前半段是德国天文学家卡尔·史瓦西说的，后半段是阿豪说的。

一

那天下午阿豪看到我时,脸色发白,说话也结结巴巴的:

"我……我有件事必须……必须……必须告诉你。"

我站定了,相当诧异地看着阿豪。

这不是阿豪的风格,慌慌张张、仓皇失措、胆小如鼠。一般来说,阿豪平时的说话风格是这样的:

"我有一个好消息,一个坏消息。你要先听哪个?"

或者这样:

"昨晚我喝醉了。我仔细想了想——你是我目前活着的唯一理由。"

说完这些,阿豪会牵动一下眼睛、眉毛、耳朵、鼻子……(其中的一个,或者干脆一起)。然后,我,则会心一笑。

阿豪是蓝猫酒吧任职最长的一位厨师。据说他爷爷是当地盛名一时的烹饪大师。关于这位烹饪大师,坊间有诸多趣闻逸事,其中一桩流传甚广。说的是阿豪爷爷的职业高光时刻,曾经掌勺过一次重要宴请。席间冷盘、热菜、大菜、点心纷至沓来，精彩纷呈。然而后来，据出席宴请的客人们回忆说，最美味的还是最后那道汤。

当年出席宴请的客人里有位作家，他以此为蓝本写了篇小说，并且揭晓了一个带有哲学意味的秘密：最后那道汤，之所以成为满桌佳肴中的上品，只是因为在饕餮盛宴之末、味蕾饱和之时，厨师恰好（或许是故意地）忘了放盐。

阿豪很少提及这桩逸事。原因之一，是他认为这件事难以概括，因此并不具备普遍意义。总体来说，阿豪是一位务实的厨师；推而广之，他也是一个务实的人。

"我是个诚实的人。"第一次和他聊天，阿豪就抛给我这样一句话。当时正逢蓝猫酒吧的老板、法国人克里斯托夫休假回国，作为临时管理者，我在蓝猫酒吧待了小半年的时间。

"我很诚实，说的都是真话。"阿豪瞪大了眼睛，非常认真地看着我。

我点点头，伸手拍了拍阿豪的肩膀。因为阿豪神色狐疑，我又把拍肩膀的动作临时改换成清理掉他衣服肩部的浮尘。最后，我递给阿豪一根烟，给他点上，为自己也点了一根。

"我也很真实。"我停顿了一下，掸掸烟灰，接着说，"我们谈谈吧。"

如果两个男人之间以这样的方式开始对话，结局大致会有两个：成为敌人，或者无话不谈。

我想，或多或少，我属于那种具备自知之明的人。

"我铜臭气足吧？"我曾经这样问阿豪。或者，也可以换个说法：与他打趣。

关于人的品性，我相信很大部分来自天性，余下则归于社会性以及自身修为。我比较喜欢和年轻人打交道。他们生长在消费时代，能平和地面对商业合作，不会把理想主义和商业二元对立般地分开。比我年轻整整二十岁的阿豪，因为曾经有过短期游历生活的经历，越发保留了一种直接而中性的为人、处世以及工作的状态。而另外一个我和阿豪非常谈得来的原因则是：他，确实相当诚实。

当然，我们之间谈得最多的还是蓝猫酒吧的菜品。阿豪无疑是个用功又有想法的好厨师。唯一让我忧虑的，仅仅是餐饮部门日渐上涨的成本。

在专业以及与其相关的领域，阿豪倒是常常有意无意提及他的爷爷。

"其实我和爷爷还是蛮相像的。"阿豪说。

"具体讲讲？"

"嗯，我们都率真、简单。"阿豪笑了一下，"但是，我爷爷是相当固执的。"

"固执？"

"是的，非常固执。"

于是，阿豪开始回忆和叙述。他说爷爷是个活在自己世界里的人。他对外面的世界几乎没有感觉,他也不想适应外界的变化。阿豪说,他爷爷终生只穿中式的衣服,袜子、鞋子都是奶奶做的。腰带必定是一根布带子,而不会是皮带。

"最有意思的是爷爷做的那道汤。"

"哦……"听到阿豪竟然主动提起那道著名的汤,我的精神头起来了。

阿豪说,自从那场重要宴请一战成名之后,爷爷每次掌勺,最后一道汤必定不放盐。永远不放盐。这样的结果是,有时效果非常好,有时效果一般,有时甚至有些不尽如人意。

阿豪后来和爷爷讨论过。阿豪认为这是不对的。因为饕餮盛宴并非这世界的全部,有些宴席的食材整体是偏于清淡的……然而,爷爷根本就不搭理他。

有一段时间,阿豪彻底离开了烟波浩渺的南方,几乎消失得无影无踪。他坚定地认为,爷爷(或者爷爷代表)的苏帮菜需要改良。在来到蓝猫酒吧工作以前,阿豪先后去了广东、四川、云南。他认真地学习了粤菜、川菜和滇菜的制作方法,与此同时,他也享受着广州的夜市,重庆的辣椒,以及昆明的云彩。

"你也蛮固执的。"听着阿豪讲述这段经历,我开始取笑他。

"是,但又不是。"阿豪笑了,"我这不是固执,只是执念。"

云游回来后，阿豪又在姑苏城内的园林古刹、流水暮色中流连了一段时间。后来，他约爷爷出来相见，吃一餐船菜。

小船停在湖心。

春雨如酒柳如烟。

"爷爷在岸边出现时，我突然想到一句非常不恰当的话。"阿豪抿起了嘴唇。

"什么话？"

"十年修得同船渡。"阿豪哈哈大笑起来。

阿豪没有告诉我他和爷爷的前半段谈话，他说了后半段。

"任何改变都是有功利性的。"阿豪说，"这些天我想明白了一件事情。"

"嗯。你说说。"当年船上的爷爷仍然云淡风轻。

阿豪说，川菜进入苏州后很受欢迎，于是大家开始学习；粤菜进入苏州后也很受欢迎，然后大家又开始学习。然而这种学习仍然(也必然)带有某种封闭性。举个例子，黑鱼是苏州本地鱼种，饭店大厨们期望借助川菜的麻辣，烹饪出别具一格的酸菜黑鱼片，以改良传统苏帮菜多多少少带有的寡淡(阿豪没有说得如此直白)……然而，也仅仅是改变一下寡淡而已。

"没有办法，"阿豪耸耸肩膀，无可奈何地说，"任何事情——吃的、用的、思考的，他人的思想与故事，都必须以我们期待的视角来呈现；他人的烹饪方法，也必须配合我们的口味而改变。"

当时，我的内心深处，一定是想问问阿豪的：

"那么，你爷爷是如何回应的呢？"

但迟疑了片刻，我终于还是保持了沉默，如同我们常常会对自己的言行进行改良那样。

还有一件事我也始终没有弄清楚：阿豪最终选择来蓝猫酒吧当厨师，是否与他和爷爷的那次谈话有关。一位苏帮菜烹饪大师的后人，一个花了几年时间，系统学习了川菜、粤菜和滇菜……的年轻人，最终却选择了一个大杂烩的职业。是的，你没有听错，蓝猫酒吧的厨师就是一份大杂烩的职业，需要同时应对中餐（以改良苏帮菜和粤菜为主）、泰国菜、简单的法餐……

无论如何，阿豪在蓝猫酒吧安营扎寨了。他的厨艺获得了食客们的广泛好评。总体来说，他用料讲究，制作过程严谨。阿豪认为，他的手艺绝大部分来自师傅、菜谱、阅历、客人的表扬或者批评……不过阿豪也承认：他烧菜感觉最好的时候，如入无人之境，并不记着那些程序。

紧接着，我又发现，蓝猫酒吧这位与美食有着深厚渊源、几乎完美的大杂烩厨师，居然也还保有其他一些颇为不俗的兴趣和见解。

比如说,有一次蓝猫酒吧的深夜小剧场结束后,阿豪和我在一楼院子里坐了会儿。

我们聊起了刚才那场话剧。两个动情的、撕心裂肺的、高声控诉的年轻人,从头到尾,用各种语调和方式重复着这样一个观点和疑问:"生活呵,为什么会是这样?!"

"话剧不仅仅是高声叫喊出痛苦,它应该有着更深的意义。"阿豪突然冒出这样一句话。

我大吃一惊,如同凝视神明般,深深地、忧郁地望着夜空下的阿豪。

对了,当时正值春日,那几天阿豪有点花粉过敏。这种美丽而难堪的病症扭曲了他的脸,仿佛完全改变了他。他的嘴唇性感地肿起着,似乎等待着一个甜蜜的亲吻;稍稍换过一个角度,又更像一只过于成熟、快要溃烂的桃子,仿佛下一秒就要爆开了。

我思考着刚才阿豪脱口而出(也许是深思熟虑)的那句话。

在某种程度上,阿豪是潜藏着戏剧性人格的。有一次他告诉我,在彩云之南云游时,他曾经遇到过一群文艺青年。他们来自五湖四海,有的文艺雅致,有的疯癫狂傲。每逢周末,他们必在阿豪打工学习的餐馆聚会。一餐结束,再转战街头小摊。

几次下来，彼此就熟了。

其中有一位画廊经营者，当地人。有一天，他主动向阿豪做了自我介绍。"你是南方人？"他这样问阿豪。阿豪点点头。"你不像南方人。"画廊经营者接着说。阿豪眨眨眼睛表示疑问。画廊经营者就开了一个玩笑，说阿豪是他认识的南方人中最诚实公开的精神病人……

"因为南方人都藏着情绪，而你随时爆发。"画廊经营者说完，自己先哈哈大笑起来。

阿豪也笑了，但紧跟着又辩解，说哪里哪里，只是常常忍不住往菜里多放几把辣椒而已。

阿豪说，那天晚上的夜色特别黑，而星星则特别亮。或许是夜色黑，才显得繁星闪亮，也或许恰恰相反。更有可能的是，"彩云之南"属于高海拔地区，空气稀薄，能见度高，光污染少……两者这才恰逢其会，同时发生。

"星垂平野阔呵。"那晚阿豪酒足饭饱，坐在路边摊旁的一棵大树底下，长叹一声。

"真是星垂平野阔呵。"阿豪听到旁边也有人这么说。好几个声音，有的沉闷，有的尖细；有的大，有的小。

再后来发生的事阿豪便不记得了，是后来别人转述给他的。说那晚阿豪躺在大树底下看星星，看着看着就睡着了。大约一个小时后，阿豪醒过来，宣布要借用路边摊的小厨房为大家烧几个菜。

"我要烧一桌独一无二的菜！"阿豪大声说着。

"只有像圣人、疯子或者神秘主义者那样拥有一个整体的视野，才能破译宇宙组织的形式以及……以及美食的形式。"这句话的前半段是德国天文学家卡尔·史瓦西说的,后半段是阿豪说的。

"不会吧,怎么可能呢？"阿豪表示完全记不起来了,"怎么可能呢？我怎么可能说出那么深奥的话呢？"

但画廊经营者坚持说他听得一清二楚,并且强调说,那晚阿豪在大树底下一觉醒来,说了很多振聋发聩的话,然后便冲进路边摊的小厨房,三下两下烹饪完成了几道菜肴,并且亲自端至树下。因为阿豪酒意尚在,所以盘子在端送途中晃晃悠悠、颠沛流离。"然而,"画廊经营者说,"那天你烧的菜真是极致美味,真是好吃极了,神秘极了。"

画廊经营者最后又补充了一句:"我从没吃过如此具有艺术性的菜肴。"

二

蓝猫酒吧的老板克里斯托夫从远方带来了消息。

"托马斯要来了。"

阿豪头一个告诉我这事。那天他从二楼（厨房）下一楼,我从一楼上二楼,在楼梯口,我们差点撞在一起。

"你知道……托马斯要来了吗？"阿豪的脸俯向我,有一种轻微的压迫感。

"托马斯？"

"是的,托马斯！托马斯·基尼利！"因为激动,阿豪变形的五官微微泛红。他大声叫喊着一个我仍然感觉陌生的名字。

我努力保持着克制。我是阿豪的主管,在信息面以及常识领域,不能处于劣势状态。

"托马斯……哦,托马斯呵。"我的语气平静而威严。

当然,我很快就弄明白了关于这个托马斯的前因后果。托马斯·基尼利,澳大利亚国宝级作家。这位托马斯近期将去上海参加一个重要活动,其间计划辗转来蓝猫酒吧做客。我们知道,这些都是老板克里斯托夫的关系。在蓝猫酒吧,确实隔三岔五能见到一些闪闪发光的人:当地热心文化交流的公益人士、好莱坞的三流影星、欧洲重要文学奖项的新晋得主……但像托马斯这个级别的好像还是头一次。

"托马斯要来了。"每个人都在说。

"那可是个大人物。"阿豪尤为兴奋。

接下来的事很快分成了几个层面,其中一个涉及那天午餐的物资部分。这部分主要由阿豪和几个吧台小哥负责。

阿豪召集吧台小哥们开了个小会,结论是需要马上更换一批桌布,原先的那些时间长了,旧了,暗淡了。阿豪建议买一种向日葵颜色的。

"秋天,那种晴天的太阳照在向日葵上的感觉……"

两个吧台小哥对视了一下,其中一个把这句话记在了小本本上。

接下来是周边和店内的环境。阿豪有些忧愁地看了看年代久远的烤箱,运行时吱吱作响的空调,店门口晃晃悠悠散步的几只流浪猫……他认真地沉吟了一会儿,清了清嗓子:

"你们去花鸟市场,买一盆最大最漂亮的海棠花吧。"阿豪说。

"它会照亮这里的。"说这句话时,阿豪嘴角边呈现出时而清晰、时而混沌的括弧状。

"它会照亮这里的!"仿佛为了让自己相信此事必定发生,阿豪加重语气,把这句话重复说了一遍。仿佛时空流转,所有事物进入平行空间:烤箱翻新;空调丝滑运行;流浪猫们装扮整齐,露出雪白而甜蜜的笑容。

有件事情让阿豪稍稍费心烧脑。

"派出所你有熟人吗?"他跑过来和我商量。

阿豪的意思是,托马斯的商务车有一个停放问题。托马斯在上海的重要活动结束后,据说将乘坐一辆黑色高级商务车,辗转京沪高速、沪宁高速……进入这里的古城区后,特别是在蓝猫酒吧附近,街巷阡陌纵横……

"这边车子能停吗？"阿豪看了看院子里不大不小的一块空地。那里树影摇曳,繁花似锦(阿豪意念中那盆最大最漂亮的海棠花已经成为具象),但同时也门窗陈旧,嘎吱作响。所有事物都呈现出细腻但又矛盾的状态。

"有时让停,有时又不让停。"我说的是实话,但也是让我莫名其妙感到尴尬的实话。说不清,不确定。我从口袋里拿出一包烟,递给阿豪一根,给他点上,为我自己也点了一根。

我们相互看了一眼,埋下头,默默地吐出一些烟圈。

这是我和阿豪之间遇到类似情境时惯有的默契。

至于被邀请参加托马斯私人午餐的名单,基本是蓝猫酒吧的老板克里斯托夫定的。那个阶段,我几乎每天中午都会收到克里斯托夫的一封电子邮件,用以确认出席午餐名单的人数、人员、职业构成以及各种细节变动。

"各界人士,包括作家、画家、电影导演、大学教授、翻译家、著名教育家。"在电子邮件里,克里斯托夫给了我基本的界定。

我的回复简单明确:"收到,已确认。"或者:"好的,老板。"

很多人都想见到著名的托马斯,更何况还能与他共进午餐。那几天我的电话一个连着一个,经常被打爆。在眩晕与虚荣的间歇,我下楼去小院透气抽烟,在那盆漂亮得出奇的巨型海棠花边徘徊。有那么好几次,我发现阿豪也在那里。他围绕着那盆海棠花,梦游般地踱步,嘴里还念念有词。

在托马斯确认要来蓝猫酒吧的隔天下午,我再次发现了那个梦游般的身影。

"阿豪阿豪,你没事吧?"我好奇地和他搭话。"大战"前夕,他应该在厨房研究菜谱,确定菜品和摆盘,而不是在这里像幽灵般飘移。

阿豪使劲地摇头,然后又点头。

"阿豪,你确定没事吧?"我伸出手摸了摸他的额头。

"没事。"阿豪抬头望着我,显现出一种少见的紧张和迷茫,"但是……但是……但是我怎样才能做出让托马斯满意的菜呢?"

让我吃惊的是,阿豪突然紧紧地抓住了我的手;更让我吃惊的是,阿豪抓住我的手的那双手无法控制地在颤抖。

接下来的事情变得有些支离破碎、乱七八糟。我把阿豪拉到小院的角落里,那里放着几张桌椅,桌子上铺着向日葵颜色的桌布。太阳香喷喷的,桌布也是香喷喷的。但阿豪的忧伤如同阳光般倾泻而下。

在一杯咖啡、很多很多根香烟和三四杯啤酒以后,阿豪给我讲述了一个悲伤的爱情故事,糅杂着美食和情感。

"很久以前的事了。"阿豪说。

"很久很久以前。"他的语言像液体饮料般流淌。

阿豪说,在很多年前,在外云游的那段时间里,他交了一个女朋友。阿豪红着眼睛恶狠狠地告诉我，他无法表达他对那个女孩子的感情究竟有多深以及有多真。我连忙接话道："我理解，我理解。"阿豪又说，这种感情延续了半年还是一年、两年，他记不清了。他只记得有一天下午，那个女孩子约他去看电影。电影很长也很沉重。他们走出电影院时，外面已经暮色四起、霞落云归。女孩子提议一起去吃一餐晚饭。就在晚饭吃到一半的时候，女孩子平静地说："我们分手吧。"她说完以后，他们把剩下的一半饭吃完，离开时发现下雨了，两个人都淋了雨，然后……他们就真的分手了。

阿豪说，那天以后，他大病一场，高烧一个星期，在床上躺了整整一个月。而且，在这一个月里，他完全失去了味觉。

"哦，是吗？"我试图宽慰他，但心里则想着，对一个厨师来说，失去味觉是一件多么可怕的事情啊。

阿豪通红的眼睛变得湿漉漉的，他毫不顾及体面地用手去揉。阿豪说，他爱那个女孩子，刚刚开始；但她不爱了，就是不爱了，如同一个设定好的神秘程序。

我使劲点头表示同意。在我们生活的这个世界里，很多事情就是一个设定好的神秘程序，只能体会，无法解释。我说话的同时偷偷看了一眼手表，明天，托马斯就要来了，还有十六个小时。

就在这时，阿豪再次紧紧抓住了我的手："你知道吗，很多年前，我和她分手那天，我们去看的电影叫《辛德勒名单》，原著作者叫托马斯·基尼利……托马斯,就是这个托马斯。我想着他很快要来了,就在明天,但是我怎样才能做出让他满意的菜呢?因为很多年前的那个下午的感觉又回来了,电影、托马斯、美食、雨水和眼泪,那种感觉又回来了,我觉得我再次失去了味觉。"

三

现在让我们回到最初的那个场景。

那天下午阿豪结结巴巴地对我说:"我……我有件事必须……必须……必须告诉你。"

我微笑着示意他往下说。

"昨天……昨天中午最后那道菜,我可能多放了一小勺盐。"

"好的,好的。"我拉住了他的手。

我没有告诉阿豪,其实那天中午托马斯根本就没有来到蓝猫酒吧。他的车刚上高速就抛锚了,后来又出了一系列的故障。

那天托马斯没有来,他的一部分随行人员来了。那些各界人士——作家、画家、导演、教授、翻译家、教育家,他们都来了,就像一道已经设定的、神秘的程序。

而阿豪为了防止自己的味蕾出现严重失误,整个中午都把自己关闭在厨房里，完全不知道外面发生的一切。

"昨天院子里能停车吗？"他突然想起了这个细节，这样问道。

"可以停，一切都很顺利。"我回答说。

"托马斯就是在那里下车的吧？"阿豪用手指向一个空间。

我说是的，昨天托马斯刚一下车，就站在那里向我们挥手。

"他站在那里，一笑，就像太阳。"我说。

萤火与白帆

动物总是比人更能预知自然界的变化。这是少年唐鹏在书本上学到的。他同意这个观点。因为在这片湖面上，他看到过很多无名的水鸟。在某种程度上，相对于人类，唐鹏认为自己与这些鸟类更为相似。孤僻、敏锐，随时能够感知危险，或许，还有某些……善意。他这么想着的时候，稍稍有些犹疑。

1

少年唐鹏今年十八岁，但他经常幻想自己其实年过四十。他觉得自己的心理年龄差不多就是这个数字，或许更大些。

五六年前，这一带刚刚开始建造时，他就常来。那时湖边还很荒凉，风大得让人想起"北方"，或者"海边"。他伸开双臂、昂起头、闭上眼睛，感受着湖边的风击打皮肤的触觉。

有一次，他感冒生病，昏昏沉沉躺了一个星期。病好出门，第一个去的地方就是湖边。风仍然很大。他发现那里有了些变化。一块石碑竖了起来，上面是三个字：

苏州湾。

在这个世界上，那块石碑附近的湖面就是他最熟悉的地方。开始时他能看到一些水鸟，它们扑棱着翅膀掠过水面，留下一片银光，却没有丝毫声响。他觉得这些孤独的水鸟很像他；还有湖边的芦苇，茎秆迅速生长，叶片如同汹涌的海浪，然后发黄、枯萎、凋零……他觉得那些沉默、倔强、自生自灭的芦苇也很像他。

开始的时候那儿很少能看见人，后来慢慢多起来了。同时多起来的还有一些坚硬的东西：钢铁铸就的巨型拱桥，高大的建筑——他听说以后那里会是美术馆和音乐厅。

他不在意这些。他觉得自己已经四十岁了。

转折发生在一年前的一个春夜。

晚饭后，唐鹏主动走进了父亲的房间。这是多年未有的事情。父亲抬头吃惊地看着他，看着他手里的写字板和笔——这是他们沟通的方式——很小的时候，唐鹏听力就很差，但多少还能说那么几句。后来就几乎听不见了，他也再不愿意开口说什么了。

唐鹏在写字板上写了下面几句话：

今天我在湖里看到了帆船。

白色的。

他们说，这里有个帆船学校。

我要上帆船学校。

少年唐鹏在写字板上写下的心愿很快实现了。两个星期后，唐鹏被父亲送进了帆船学校。他的第一个教练长得和父亲颇有几分相似，在湖边和帆船上，他用手机和手势与唐鹏交流。他告诉唐鹏，帆船是依靠自然风力作用于帆上推动船只前进。对于初学者来说，首先应该培养对于风向、天气、波浪、水流以及它们之间变化的高度敏感性。

"特别是风向的判定。"教练说。接下来,教练在手机上又打下了这样一些字:

风是帆船的动力之源。

小型帆船的舵手背对着风,坐在船的前部,并调整位置以平衡船。

判断风和风向的第一个迹象是吹在脖子和耳朵上的轻风,或者是飘舞的旗帜和烟雾。

当风吹过水面时,水面上会呈现出波纹;而湖面上暗色的小块区域则表明有强风。

帆船的动力来自风力,然而你很快会明白,利用风力是有限制的……

说完这些,教练停顿了一下,面容有些忧愁地看了一下唐鹏。而唐鹏回避了教练的目光,他转过头,望向正在起雾的湖面。

2

在摄影师章虹的记忆里,少年鹏是突然出现在她的镜头里的。

那天她正在东太湖边拍摄鹭鸟,这种全身洁白、长着漂亮矛状羽的鸟类,体态超凡脱俗。在她的镜头里,它们优雅而淡漠地出入,如同很多很多个慢动作。它们仿佛在用这些慢动作昭告世人:这里有着它们需要的生态和空气。因此,当它们置身其中,就能无比自然地呈现出独一无二的美丽和疏离。

章虹按下了快门。

鹭鸟很美。湖面很美。鹭鸟和湖面的组合也很美。一切都好似太完美了。因此有什么东西仿佛不对。

就在这时,少年鹏和他的帆船出现了。

前一天的下午,章虹约了童年发小儿赵琳在湖边茶室叙旧。她们有近二十年没见面了——早在少女时代,章虹就跟随父母去了深圳——临出发那天,赵琳赶去机场送她。相对于赵琳的失声痛哭,章虹显得异常冷静。她一向如此。有点孤僻、神秘,常常隐藏自己的真实情感。而当时的赵琳已经考上了戏校。章虹想:赵琳的失声痛哭只是她的戏剧性人格罢了。

章虹赶到湖边茶室时,赵琳已经在了。她在楼梯口紧紧抱住了章虹。章虹觉得赵琳的声音仍然快而明亮,在她耳边嗡嗡作响,与二十年前机场分别时没有任何区别。

她们喝茶的地方在二楼,可以看到不远处的湖面,还有那块上面刻着"苏州湾"三个字的石碑。

赵琳问:"这些年你都好吗?"

章虹犹疑了一下,脸上如同湖水一般平静。

　　赵琳说她自己不是很好。戏校毕业后找不到合适的工作,因为她学的是昆曲,在学昆曲的人里面,她又不是最出色的。虽然她也参加过行业里一些选拔赛,但总是名次不佳。所以,很显然,她不可能成为大师或者传承人一类的人物。但她又是爱昆曲的……思来想去,她最终不得不承认自己走上了一条崎岖的伤心之路。但无论如何,她还是准备走下去。赵琳告诉章虹说。

　　"现在我是一名木偶昆曲演员。"赵琳说。

　　"木偶昆曲演员?"

　　"是的,既要会唱昆曲,还要学会提线木偶,"赵琳说,"非常辛苦,一般人真的受不了这个苦。"

　　赵琳两只手托住下巴,看着坐在对面的章虹,也可能是越过包着藏蓝色头巾的章虹,望向不远处泛着银光的湖面。湖面上有芦苇和芦苇的倒影,还有隐隐约约的白帆……午后的太阳让这一切变得薄而发光,很唯美,很神秘。

　　"说说你吧。"赵琳把视线拉回到章虹面前。她俏皮地微微歪了歪头,就像二十年前一样。

　　"我?"章虹微笑着。

　　"是啊是啊,二十年前,你像候鸟一样飞走了,有多少人羡慕你啊。"

　　章虹低下头,看着白瓷杯里摇曳的碧螺春茶叶。章虹说,她的人生轨迹确实就像候鸟一样啊,赵琳说得真好。她跟随父母从吴江来到深圳后,读书,生活,后来就成了一名生态摄影师,像候鸟一样在全国各地跑来跑去、飞来飞去。有一年,她参加野性中国西双版纳摄影训练营,在训练营结束的那天晚上,她发现了草丛间的点点萤火。

"你相信有命运这回事吗?"章虹突然停止叙述,向赵琳发问。

"命运?"赵琳仿佛被这个词吓住了。

"是的,"章虹说,"命运。"

章虹说她看到草丛间的萤火虫就被彻底迷住了,整个心都醉了,完全没有缘由,完全不能自已。那些闪闪发光的小昆虫,那些漫漶的光带。不是浪漫,也不是神秘。"那就是命运。"章虹说。

章虹说,从那一年开始,她便成了一个"追光人",从西双版纳到怒江,从四川天台山到南京紫金山……她一直在追寻着萤火虫的踪迹。而现在,她回来了,回到了这里,她的故乡,她的原点。

"我相信,这里的湿地会是我'萤火虫之旅'拍摄的最后一站。"章虹说。

"最后一站?"赵琳脸上露出迷惑的神情。

"为什么?"赵琳皱紧了眉头追问道。

和赵琳面对面坐着的章虹,她背对着窗。窗外是泛着银光的湖面,湖面上微风阵阵、帆影点点。风划过湖上的帆船和湖边的芦苇,吹起了章虹藏蓝色头巾的边缘。

章虹稍稍犹豫了一下。她抬起手,解开了头巾上的蝴蝶结,然后,果断地一把扯下头巾。

"化疗,第三个疗程。"章虹淡淡地说。

她的声音在赵琳目瞪口呆的表情中,像烟一样薄而呛人地弥漫开来。

3

开始的时候,少年唐鹏并不知道自己进入了摄影师章虹的镜头。

像往常一样,他完成了教练安排的热身运动和柔韧性练习,并且仔细"观察环境"。那是个风平浪静的下午,湖边那些洁白美丽的鹭鸟说明了一切。它们悠闲、缓慢,并且神情自若。

动物总是比人更能预知自然界的变化。这是少年唐鹏在书本上学到的。他同意这个观点。因为在这片湖面上,他看到过很多无名的水鸟。在某种程度上,相对于人类,唐鹏认为自己与这些鸟类更为相似。孤僻、敏锐,随时能够感知危险,或许,还有某些……善意。他这么想着的时候,稍稍有些犹疑。

湖面纹丝不动,似乎只有鹭鸟起飞与降落时泛起的水纹。唐鹏的帆船在水面上滑翔着,湖岸越来越近了。微风在他的脖子、耳朵边流动,但是没有一丝声响。

这时,唐鹏注意到了岸边正在拍摄鹭鸟的摄影师章虹。

后来,他和章虹在彼此的手机上留下了这样的对话。

"当时你手里拿着变焦长镜头,很酷……我很少看到留平头的姐姐。非常特别,很美。"

章虹在手机上回复了一个微笑的表情。

"你正在拍鹭鸟吧?"唐鹏问。

"是的,开始时我在拍鹭鸟,但后来,你突然出现在我的镜头里。"

"准确地说,是你和你的帆船。"章虹又补充了一句。

"我?"

"对,你,你也很特别。"

"从来没人说过我特别。"唐鹏磨磨蹭蹭打了这样一行字。

"你是专业摄影师吗?"唐鹏追问道,"主要拍什么呢?"

就在这时,岸边有几只白鹭缓缓起飞了。它们展开双翅,用力向空中跃起。与此同时,湖面上泛起层层波纹。而白鹭如同借助风力,腾云驾雾般跃入空中。非常魔幻,异常优美。

少年唐鹏和章虹同时昂起了头……

"我拍所有美丽而转瞬即逝的事物。"

章虹在手机上这样写道,然后发给了少年唐鹏。

4

有一阵子，少年唐鹏的父亲唐怀宇常常去东太湖边寻找唐鹏。

有那么一两次，他甚至幻想自己就是名篇《我与地坛》里的那位母亲。"湖边离我家很近，或者说我家离湖边很近。"到了开饭的时间，唐鹏还不回来，他就出门去找。

当时那一带刚刚开始开发，风大，人少，野鸟乱飞。

唐怀宇慌慌张张在乱石和芦苇之间穿行，他担心唐鹏躲在哪块石头后面，更担心唐鹏不小心掉进了芦苇之间的水里……没法喊他，因为唐鹏听不见。但由于焦急，有时候他仍然忍不住喊出了唐鹏的名字。他在这种莫名中行进着，寻找着。有一次他真的一脚踩空，过了很久才狼狈不堪地爬上岸来。

他浑身湿淋淋地在岸边坐了会儿，他甚至还哭了，放声痛哭。他觉得他是那样爱着儿子唐鹏。那可不仅仅是爱啊，他还理解他，理解唐鹏的天生聋哑、理解他母爱的缺失（唐怀宇的妻子长期在国外工作），但是，对于他，对于他的这种爱和理解，唐鹏表现得又聋又哑。那是真的又聋又哑，冷冰冰的，像三九寒天湖边的巨石。

唐怀宇的这种心境，通常他只跟一个人说：旗袍店搭档廖新。

唐怀宇和廖新合开的旗袍店离苏州湾不远，那是一座安静的古镇。镇里有河，河中有船，河上有桥。廖新就出生在这里。他俩是大学室友的时候，唐怀宇就跟着廖新去过镇上。

那时旅游业刚刚起步，去古镇的人很少。镇上都是一些低调的木头房子，街也是窄的，屋檐压下来，显得光线有些暗淡。廖新带着唐怀宇在老街上走，不少店主从铺子里探出头来和他们打招呼……老饭店、小茶楼、杂货铺，最多的则是门脸不大但挂着亮闪闪面料的丝绸店。

坐船的时候，四周蒙着点雾气。远远地望着老街，一切都是灰蒙蒙的，只有那些五颜六色的丝绸在闪闪发光。

"真漂亮啊。"唐怀宇说。

"是啊。"廖新顺着唐怀宇的视线望过去，心领神会。他们学的是服装设计，对于色彩、构图、面料，甚至模特，两个人都很默契，无论谁说什么，都能心领神会。

"以后，我们一起在这里开一家旗袍店吧。"廖新说。

"为什么不呢？"唐怀宇突然哈哈大笑起来。

那天，廖新坐在船头，唐怀宇坐在船尾。隔了那么远，还有雾气和风声，唐怀宇分毫不差地听到了廖新说的每一句话、每一个字。他又怎么会想到，后来他的少年唐鹏会完全听不到，即便是最猛烈的风声呢。

唐怀宇的这种疑问,通常他也只会跟廖新说。

很多客人以为他们是弟兄俩。

"你是哥哥,他是弟弟。"唐怀宇肤色白显年轻,有人这样猜。

"不对吧,他才是哥哥吧。"廖新眉宇间更放松雀跃,也有人那样想。

两个人一概点头、微笑,从不争辩。

"一样。都一样,都一样。"

每天早上,廖新早早来到他们现在的"锦绣"旗袍工作室,开门,烧水,泡茶,略作整理。唐怀宇来得稍晚些。工作的时候,他们很少说话,基本沉默。只有剪刀划过布料时的沙沙声。

中午饭后,他们会到河边抽半小时烟。然后,每个月,他们会挑一个下午或者黄昏,坐一次船。

船摇得很慢。有一次,廖新开玩笑说,就像穿旗袍的人扭动腰肢的感觉。

5

少年唐鹏这几天一直跟着章虹在震泽湿地跟踪拍摄萤火虫。

他像平时一样起床,洗漱,和父亲面对面沉默着吃完早餐,沿着湖边跑步热身……似乎一切如旧,但似乎又有什么东西已经发生了改变。

这些天他和章虹聊了很多关于萤火虫的话题。他现在知道,萤火虫的生命周期可以分为不同的阶段。从卵孵化到成虫的整个过程大约需要一年时间。在这一年中,萤火虫经历从卵到幼虫,再到蛹,最后成为成虫的转变。

"成虫的寿命通常很短,一般只有三到七天。"章虹这样告诉他。

热身结束,他在岸边坐下来,看着天上的云、水里的波纹,听着听不见的风声……思考着章虹说的这句话。

当然,这些天他也已经知道,留着平头的章虹并不只是酷、只是特别、只是美,那后面是一些非常悲伤的理由……章虹已经坦然告诉他,接受化疗后她的情况并不乐观。医生说了一个可能的时间。

他阻止了章虹告诉他这个可能的时间。

这些天他还经常有些乱梦。

在其中一个梦里,他梦到自己在一片野地里走,漆黑一片。他听到自己在梦中叫出了声音:"章虹——章虹——"

然后他就吓醒了,被自己竟然能叫出声音吓醒了。或者说,竟然因叫出了章虹的名字而被吓醒了。

那天晚上他见到章虹时，有点不好意思地躲闪着眼神。他也没告诉她，在梦里叫她名字这件事。

还有一天，吃早餐的时候，他在写字板上写了这样一句话：

穿上旗袍能让人变得更美吗？

看着父亲诧异的眼神，他稍稍有些后悔，但有一种奇怪的力量推动着他继续发问：

如果一个人没有了头发，她穿上旗袍也能变得更美吗？

他忘了那天父亲是怎么回答的。他们聊了会儿，虽然时间不长，但对于他和父亲，已经是极为难得的事情了。他们还聊过什么呢？他希望去上帆船学校，母亲什么时候能够回来，母亲还会回来吗……还有很多重要的，比如说，那些对于父亲更复杂更微妙的情感，他则把它们都藏起来了。有时候他也会担心，担心有一天，它们会像微风飓风暴风雨一般倾泻而出时，他已经听不到了，麻木了。

这天晚上，章虹穿了一件纯白色的连衣裙。

她瘦了很多，但白色又让她浑身闪烁着光芒。这是两种相互矛盾的感觉。

唐鹏替她背着沉重的相机。他们连续来了好几天了,都只是零零星星地看到一些发光的萤火虫成虫。章虹拍了一些特写和全景。潮湿温暖草木繁盛的湿地,几小片迷蒙的光影,寥落、梦幻、孤独,非常的不真实。

唐鹏提议休息几天,但章虹猛烈地摇头。

章虹走在前面,如同光引领着他。

唐鹏突然想到书上的一句话:萤火虫发光有引诱异性的作用。

他脸红了。四周一片黑暗,他却有一种被人窥见的感觉。

他们没有想到那晚能见到那么多萤火虫。不是成群结队,而是——仿佛湿地所有的萤火虫说好了在这一刻出现;而是——仿佛全世界所有的萤火虫说好了在这一刻出现。那是一条游动在夜空的壮丽的萤火之河,它缓缓地变幻着不同的姿态:萤火闪烁,与星光呼应。

那是一片萤火虫的大海。

在湿地里,章虹拿着相机走动着,飞跑着,匍匐着,静止着。她瘦小的身体就像一团巨大的光影。在她的上空,在湿地的上空,在整个的宇宙中,是更为巨大、无边无际、永不停歇的光的流动。

那晚,唐鹏在湿地里睡着了。他醒来的时候,天边已经能看见浅浅的黎明第一缕光线。无数小小的萤火虫仍然在闪烁。它们一半沉浸在夜的静谧，另一半已经融入了即将升起的太阳……

唐鹏紧紧抱住了自己的膝盖。他久久无语。萤火河流很快就要消失了，他应该忧伤；而太阳正在悲壮地升起，他又是如此欣喜。

在距离他不远的地方，章虹的白色连衣裙渐渐染上了日出的光晕。他看着她，突然觉得，她很像自己记忆里的母亲。

6

一个月以后。

少年唐鹏穿过钢铁铸就的巨型拱桥，走进了湖边一座高大的建筑。他背着一个巨大的相机，看上去有点像摄影师章虹的那个，但也可能不是。

今天这里是国际服装节开幕式的秀场。唐鹏父亲——唐怀宇和他的旗袍店搭档廖新，他们的旗袍新品牌"锦绣"也将在秀场亮相。

唐怀宇眼睛亮亮的，兴奋中带着期待；唐鹏站在父亲的身边，他手里拿着相机，镜头遮住了他的脸，看不到他的表情。

模特们鱼贯而出。

她们身后的数字屏幕背景也在不断变化着：牡丹、蜡梅、荷花、薰衣草、向日葵、整片整片的竹林……

就在这时,穿着藏青色改良旗袍的章虹出现了。平头,消瘦,坚毅的脸部线条(化妆师用发光的颜料晕染了脸部,呈现出鲜明而华丽的未来感),沉稳而稍稍晃动的步履;与此同时,大屏幕的背景幻化出了满屏的萤火虫。它们单个单个地闪烁着,无比清晰;它们拥抱在一起,如同潮汐般涌动着、起落着……

少年唐鹏按下了相机快门。

就在那天的黄昏,有人看到了湖中的唐鹏和他的白色帆船。

那是一群年轻的摄影爱好者,不知为什么,他们注意到了这个英俊的少年。他们手中的镜头紧紧跟随着他逐浪的身影,他那飞翔般华丽的视点——大剧院、博物馆、数字馆……

其中有一位娃娃脸的少女,她说,她听到帆船少年大叫了一声——

"我能听到风声了!"

"我听到了风声!"

但其他人似信非信。这时,少年和帆船很快从他们面前划过,像一只白色巨鸟般消失在了湖的深处。

古法

我和老简多次讨论过直觉这个问题，我们的观念有相同之处，也有交叉之时。我认为直觉背后，是对这个世界一些更大信息量的突然摄入。而老简则阐释说："那是一种一刹那的迅速的计算。"实话实说，我确实领教过老简那种"一刹那的迅速计算"。

一

有一段时间，我已经下定决心不让康康给我做衣服了。

"康康做的衣服总好像多了点什么。"我对老简说。

老简是一位小有名气的室内建筑设计师。因为经常出现在一些公共场合，他需要合适的服装、调性以及理解这种调性的服装设计师——

"康康还不错的，他挺有灵性。"老简说。

再后来，他把康康介绍给了我。

作为自媒体主播的同时，我还是老简的摄影助理。他的那些"新中式"设计、"新东方"理念，那些回廊、流水、花窗、天井……那些叠山理水的过程、中庭大小的微妙抉择，甚至于光线的折角，都是由我记录下点点滴滴的瞬间，并且仔细加以保存的。

"你的直觉很好。"有一次，老简站在一个圆形月洞门前，非常认真地对我说。

我和老简多次讨论过直觉这个问题。我们的观念有相同之处,也有交叉之时。我认为直觉背后,是对这个世界一些更大信息量的突然摄入。而老简则阐释说:"那是一种一刹那的迅速的计算。"

实话实说,我确实领教过老简那种"一刹那的迅速计算"。

好几年前,老简接过一个项目。老街区里的一间茶室,带个园子,白墙花窗与一池春水间隔着一排栏杆。

快到中秋的时候,老简的设计初稿完成。我们一起茶叙庆祝。

透过墙上的漏窗,一轮圆月悬挂半空,色泽晶莹剔透,形态庄严盛大。老简从茶桌边站起身,慢慢踱步,驻足,抬头凝视,环顾四周。

老简说,在他年轻的时候,曾经遇到过一位职业培训师。那位培训师其貌不扬,不胖不瘦,不高不矮,在封闭培训的二十多天里,唯一给他留下深刻印象的是培训师的声音。那个声音里掺杂着两种矛盾的东西:磁性的鼻音,寺庙钟声般禁欲的安宁。

老简说,那个培训师以及那个声音给过他很多启示和方法。比如培训师的提示:"当你很宁静的时候,突然冒出来的那个感觉,或者选择,反而是超过所谓理性的部分。"

老简停止踱步,转身面对我们。他的整个身体笼罩在月光和月光织就的竹影里,非常斑驳,极其复杂。老简总结道:

"在那段时间,对于未来的人生,我得出过不少有益的结论。"

"比如说?"我问道。

"比如说,培训班结束后我就和女朋友分了手;放下一些执念;坚定选择设计这个行业。"老简还加入了一个细节,"当时我正习练书法,那二十多天完全改变了我习字的风格。"

"什么风格?"

"变得朴素。"老简说。

"变得更加朴素。"老简微笑着补充道。

说完这些,老简陷入了很长一段时间的沉默。我连忙示意大家同时保持安静。仿佛有什么东西在我们之间流动,在这个空间的花窗、流水、回廊、天井之间缓缓行进,逐渐充盈。就这样,大约过了十分钟(初学打坐者的最佳时间),我轻轻咳嗽了一声。

"所以说……"我感觉老简有新想法了,引了个前言。

"所以说,我认为设计稿里的这排栏杆有问题,设计得太实太笨了。"老简清晰明快地说出了他的结论。

后来茶室和园子成形,我又去过一次。

不得不承认,那道横亘在白墙花窗与池水间的栏杆,它让我凝神良久。它改变了。它被设计师切割拼接成了几个部分:底层的浑圆立柱以及立柱之上的栏杆——它看上去更像细节放大的花窗。

"我喜欢现在的这个栏杆。"我打了一个电话给老简,"它看上去轻盈了很多,我能感到……风在那些间隙之间流淌。"

老简的这个设计获得了成功。当地报纸文化版面给予了一些报道,其中有个评价让我印象深刻:"设计师的创新性空间处理,承载了中国文化中独有的虚空感。"

接下来的日子里,这个承载了"虚空"的项目让老简摆脱了虚空。老简变得越来越忙碌,很多人围着他。与此同时,模模糊糊地,我对老简产生了一种幽蓝色的仰慕。我不清楚为什么会用"幽蓝"这个颜色形容,老简也不清楚我对他的仰慕。

但老简还是很关心我的。

我做自媒体,台上台下都要出镜。老简好几次叮嘱我,让我"穿好看点"。

"你需要定制一些衣服。"他上上下下地打量着我,"你穿得太随便了一些……你的衣服和真正的你离得很远。"他又若有所思地看了我一会儿,给出了一个建议:"就让康康给你做吧。"

服装设计师康康,我们第一次见面是在他的工作室。那天康康穿得非常隆重,裤缝笔挺,皮鞋锃亮。他站在工作室门前的台阶上迎我,礼貌,周到,和他身上的衣服一样一丝不苟。

"康康和我想象的有点不一样。"第二天,我告诉老简说。

"你想象的康康是什么样的？"老简只是抬抬眉毛，轻描淡写。

"这个有点讲不清楚。"我说，"其实，在去见他以前，我从没想象过康康的样子。但是——"

我突然灵光一闪："举个例子吧，你设计的那间茶室和那排栏杆，我在那个空间走动的时候，我能感觉到风……但是，我见到康康，和他聊衣服，商量细节，挑选面料，整个过程都密不透风……是的，我只能用这个词语来形容，密不透风。我不知道哪里出了问题。"我偷偷地看了一眼老简。

老简好像是沉默的，也好像嗯了一声，还轻轻点了点头。

大约一个半月以后，我在康康那里定做的三件衣服寄到。

我在落地穿衣镜前开始动作，穿上脱下，再脱下穿上，从这件到那件，眼光再次落在第三件上……如此循环往复，足足折腾了一个多小时。

"老简，是你吗? 老简?"我听到自己电话里的声音急促尖锐，像一只被攻击了的小母鸡。

"是的，是我。"老简的声音如同池塘中的流水，或者一阵突然穿过花窗的风。

"我收到了康康做的衣服。但是，我不喜欢这些衣服，它们让我感到悲伤。"我说。

"悲伤？"

"或者换一个词，它们让我心烦意乱。"

接下来，我就对老简说了一大堆的话。我说，在我现在这个年龄，看一切的事物，突然变得格外清晰、敏锐。"所以，我不需要太多的细节。"我感觉自己说话的语气稍稍有些不耐烦。所以我又解释了一下："我的意思是，不需要太多的细节出现在我的生活里，或者衣服上。"

"我要做很多事情，要不停直播，要去见女科技人，要内卷，还要顾及最近一直不见好的膝盖……所以，我要轻松。"

"这个我理解。"老简说，好像还轻轻笑了笑。

"这么说吧，那个设计师康康今年三十岁，他比我小十岁的样子，是吧。"我话锋稍稍一转。

老简犹豫了一下，仿佛不太愿意正面谈起年龄这件事情。在事实层面，我们三个人的年龄是螺旋上升的：康康三十，我四十，老简四十八。

"理解一件衣服，十年或许就是一个轮回。"我掷地有声地扔出这么一句话，然后，拿起其中的一件衣服，干脆利落地剪掉了垂在胸前的一长根蕾丝花边。

二

两周以后，老简找了个下午约我喝茶。

他出现时手里拿了一束红白相间的小瓣菊花，面色素雅。我轻轻接过散发着清新香气的花束，然后，安静凝视着老简的眼睛，大约有两三秒钟的时间。

"我感觉你正处于强烈的创作状态中。"我对老简说。

我把小瓣菊花斜放在桌面上。和老简说话的过程中，仿佛有一声极其轻微的叹息从桌面上传了过来。

我吓了一跳。

老简觉察到什么，有些诧异地看了我一眼。

"前段时间我又接了个项目。"他很快言归正传，"挺有意思的一个项目。"

接下来老简开始详细描述那个建筑："整体是长方形的，后面是起居室、卧室和书房，小小的门厅和卫生间都在前面。中间是一个天井，把这两部分连接起来。"

"确实很有意思。"我闭上眼睛，努力把老简的描述幻化成一个画面，"但是，多多少少，这个结构有点奇怪。"

老简抿嘴微笑。

"你是说中间有个天井？必须经过这个天井才能去卧室睡觉，才能去书房看书？"我追问一句。

"是的，那是唯一的路径。"老简说，"换一个角度，每天睡觉前去卫生间也必须经过天井，没有别的选择。"

"你怎么来处理这个天井呢？"我从桌上拿起一朵小瓣的红色菊花，再拿起一朵白色的。两朵菊花在我手里闪闪烁烁，两个色谱,两种选择。

"盖一个挡风遮雨的屋面吗?"我说。

"或者设计一个花窗效果的屋檐?"我又说。

"是的,确实很难处理。"

"我不能想象,漫天飞雪的午夜,我独自穿过漆黑的天井,跑向另一头的卫生间。"

"漫天飞雪还是好的,倾盆大雨就糟糕了。"老简笑了。

后来,谈话开始变得有些漫漶起来。老简承认这个天井的设计让他有点头疼。"还没确定。""很难确定呢。""我还需要再好好考虑考虑。"与此同时,老简又告诉我,委托他设计的主人是城市老建筑爱好者,通情达理,同时性格神秘。

"他具体有什么要求呢?"我问老简。

老简沉默了一下,然后抬头看着我,眼睛亮晶晶的。他突然笑了。

"他的要求和你有点相像呢。"

我不解地看着老简。

"他希望能感觉到风。"老简说。

无论如何,四十天后,老简的这个项目将会竣工,老简将邀请一些同行、朋友在天井(庭院)里举办一场沉浸式发布会。

"你也来吧。"老简说。

"你一定要来呵。"他又加了一句。

老简上上下下打量着我。

"你穿旗袍吧。"老简说,"那个庭院很适合穿旗袍。"

"其实你本身就很适合穿旗袍。"老简变得有点碎嘴,唠唠叨叨的,都不太像老简了。

"对了,你让康康做。"老简说,"古法,你对他说。"

三

去找康康定做旗袍的那天,天落阵雨。

康康穿了一件深绿色的宽松长袍,临窗而坐。或许由于光线荫翳,深绿色漫漶成墨绿,与窗外的树影融为一体。

"几年前,我的主业是老简的摄影助理……你知道的吧?"我说话的语气有些生硬,仿佛仍为自己违拗本意、再访康康的行为感到生气。

"嗯,我知道。"康康说。

"他对人对事一向要求很高。有一次拍摄结束,他非常严肃地对我说,你没有朴素不可能有戏。"我的声音仍然有点气鼓鼓的。

"老简说得真好。"康康微笑着轻声说。

"你认为他说得很正确吗?"我的眼前一直闪现着那根长长的、累赘的蕾丝花边。

"我认为他说得非常正确。"康康看着我,眼目清亮有光。

不得不说,那天接下来发生的事非常令我意外,非常让我吃惊。因为它们与我暗暗用来"讽刺""提醒"康康的词语竟然完全吻合。它们确实是朴素的,甚至还带有些行云流水。

康康为我选择了没有棱角、圆润温和的板型;T形结构,一片式平裁,取消了前后中缝;前后衣片都是整块构成,右衽大襟,无肩缝,连身袖;无胸腰省,收腰设计……

只在三个细节上康康和我做了简单的沟通。

"衣长到哪里? 脚踝?"康康的声音如同浮云在小河里的倒影。

"是的,脚踝。"

"衣领的高度呢? 低立领?"康康的声音很像清风拂过黄昏的树林。

"低立领,很好。"

"旗袍两侧膝下低开衩吧?"康康俯下身体,如同默认积雪的柳树梢头。

"对的,低开衩。"

…………

记录下数据细节后,康康又给我看了一些面料小样。"这是法国的蕾丝。""那块是英国的混织的羊毛。""这个是意大利的提花工艺。"……我的目光被两段印花的绸缎面料吸引。

丝绸如流水，在我手掌中泻下。

"真好看呵。"我说，"上面印的是徐悲鸿的马和齐白石的虾吗？"

康康微笑不语。

再后来，我只记得康康送我至门口。临别时他送我一本制作精美的旗袍手册。双手呈上，再深深鞠躬。等我缓过神来，只见康康已经悠然转身，深绿色的宽松长袍渐渐融入了荫翳的树影之中。

"康康。"我叫住他。

他停顿，转身，缓缓站住。

"你……你今天穿的衣服……很特别。"我说得有点结结巴巴的。

我心里确实也是这么想的。康康今天很特别，与往日不同。我怀疑是隔天老简关照了什么，但并没有证据。

康康又站了那么一小会儿，仿佛等待我再结结巴巴地说点什么。我没有再说什么，而康康也很快完全消失在那片深绿色的树影后面了。

我翻开康康赠送的小手册。

封面是织锦缎的赤金旗袍。封底是全黑的，上面只有白色的两个大字：无相。

等待旗袍的日子，我连着见了三位女科技人。

她们几乎都是穿着干练、思维缜密的理科生，但出人意料地低调谦逊，甚至说话的音调也温柔可亲……这些微妙的矛盾，使得我主持的直播节目时而稍稍留白，时而流光溢彩。

其中有一场的直播主题是"人工智能能够做好设计吗"。

担任嘉宾的女科技人留着长短适中的锁骨发，上半身职业西装，下半身牛仔裤。我估计她的年龄处于我和老简之间。她说话的时候，眼睛和唇角都在微笑，让我稍稍感觉惶惑。

我对话题略作引导。我说虽然 AI 技术发展迅速，但人类的非逻辑思考和对逻辑的反抗是 AI 难以覆盖的部分……

"所以说，"我扭头看向女科技人坐的方向，"您认为呢，从专业的角度，AI 是否能够做好设计？比如说，室内建筑设计、园林设计，或者说服装设计？"

女科技人微微颔首点头，她的声音里有一种流水般的轻柔，让我对她的身份产生怀疑，转而又反省我的执念……无论如何，她清晰而有节奏地表达了自己的观点。

她说："AI 降低了'术'的门槛，让设计这件事变得不那么困难了，人人都可以成为设计师。但是艺术作品的好坏，还是在于背后的'道'。"

"您可以简单解释一下'道'这个字吗？"我说。

"就是对生命和世界的深刻理解。"她回答得干脆利落。

"就目前来说，硅基还谈不上生命，也就更谈不上对于世界的理解。"

"确实如此。"女科技人淡淡作答。

"那么，究竟什么是'道'呢？您可以举一个例子吗？"我追问道。我可以保证，我的这个追问无比真诚无比恳切。

女科技人停顿了下来，仿佛她正思考着什么，或者召唤着什么。过了那么两三秒钟的时间，四周变得安静了下来，可以听到直播间补光灯的嗞嗞电流声、呼吸声、窗外的雨声。

突然，她甩了甩她那头浓密的齐肩锁骨发，又嘟起嘴巴，用力向空中呼气。空间里有一种细微的松动，一些我们看不到的东西。有几缕头发飞扬起来，又缓缓垂落。从我这个角度望去，她的脸是如此生动细腻，熠熠生辉。

"迄今为止，人类处理的是从'零'到'一'的问题……"女科技人说。

"道生一！"我突发奇想。

"而 AI 处理的，则是从'一'到'一百'，直至无限大的问题。"女科技人丝毫不受我的影响，不动声色地把话说完。

"三生万物！"我有些小小的兴奋。

女科技人表情严肃，一字一顿，如同进入了一个已然设定的程序："如果我们一定要举例说明什么是'道'——写下许许多多有关道是什么的文字；列出许许多多有关道是什么的程序……但无论写下多少，总会觉得仍然不够，甚至离真相越来越远。还不如干脆停下，只写三个字：道存在。"

"道存在？"

"是的，就在这里打住，只写'道存在'。"

直播休息的时候，我一连喝了三杯咖啡。我在走廊里不停踱步，来回徘徊。我对女科技人说，刚才对于"道"的追问既让我头疼，又令我兴奋。我说这种状态其实已经延续很久了。

"最近我焦虑烦躁，彻夜入梦，并且常常恍惚于究竟哪个才是真实的世界。"

"你梦到了什么？"女科技人问。

"小时候，祖父母的小花园。"我说。

"虽然我接触过很多建筑设计师，参与过很多或大或小、精细繁复的项目，但记忆里那个狭小简单的花园……是的，在现实生活里，没有任何一个建筑可以与它相媲美。"我长长地舒了一口气。

四

老简预约的日子竟是暴风雨的前夜。气象预报里说，明天会有灾难性的台风过境。

那天赶往发布会的途中交通拥堵。最后半小时的路程，我是三分之一步行，三分之一快走，再加最后的小碎步奔跑才到达的。

我穿着康康做的旗袍。T形结构，偏直筒，旗袍下摆刚刚盖住我的脚踝。而始于膝盖（它们仍然有着细碎隐约的痛感）

的低开衩，则让我保持着优雅而随时都能腾飞的步履。

它像一片体贴而饱满的树叶，从我的身体上生长出来，连为一体。

我看到老简站在天井（庭院）中间，远远向我招手。

"你没有盖那个挡风遮雨的屋面。"我走到老简身边。

他的周围正人来人往着：简短采访，瞬间摄影，永不停歇……老简则安静而完整地完成着一个个程序。

后来，他终于有了片刻休闲。

"你猜到了？"他转过身望向我说，"你真的猜到了吗……我根本就不想盖屋面，只是想留下一个天然、彻底、裸露的天井。"

"在这个天井里，你走进走出，来来回回，感受到的都是它最朴素、最原初的样子，你的周围就是流动的风、水、电……"老简看着我，眼睛亮亮的。

我没有直接回答他……我只是缓慢地伸开双臂，举过肩膀。

"我是突然想到的……或许，它其实一直就在我的潜意识里。"老简朝我调皮地眨眨眼睛，"你知道吗？我还留了一点私心。"

我没有说话，等待老简述说他的私心。

"小时候，我是个胆小的孩子。"老简的声音变得羞涩腼眸，"那时我们住在古城老房子里，进门以后，还要经过一段窄窄的'备弄'。备弄常常空无一人，怕黑的时候迅速跑过去的那种心理现在都还记得……很恐惧，但也很难忘。"

老简停了下来，问我一个问题："你有过一个人穿过黑暗弄堂的经历吗？"

我没有回答老简。我只是自顾自地往下说。我说，在我很小的时候，有那么几年，我和祖父祖母生活。老屋里有个露天小院，院中央一口古井，盛夏时我们就在井里冰西瓜。祖母很快就教会了我这项技能，选择适当大小的西瓜放进水桶，然后抖动手里的绳索，让水桶和西瓜一起浸入井水中……只是有一次，我一个人在家，拉着绳子的手都抖酸了，水桶和西瓜仍然不能沉入水中……

"那种几乎完全绝望的心情。"我哈哈大笑起来。

"开始下雨了。"我听到四周有人在说话。

"还没有，只是起风了。"好像又有人说。

又过了会儿，我感觉有液体滴落在脸上。四周树影摇曳，天地混沌。

"明天有强台风过境吧？"我听到了老简的声音。

亚

没法和男孩交流，因为首先他根本就不看你。他不会因为你看着他，就觉得自己也应该回看你一下。同样地，你给他指出了一个世界，要牵着他的手，慢慢地把他带进去。谁都在那个世界里活着，但他甚至连看都不想看一眼——这就是男孩康乐乐和这个世界的关系。

一

在时断时续的秋雨里,蔡小蛾沿着"小吃广场"的青灰色石板路,整整走了三个来回。

人生不如意事十常八九。这话说起来谁都清楚、明白,但当十一月的秋风秋雨里,一个女人左手撑伞,右手拖着黑色旅行箱,脸色铁青地在同一条路上走了三个来回时,事情或许就有些严重了。

现在,雨水正顺着伞面滴滴答答往下掉。这说明雨虽然时断时续,但其实从来就没真正停过,并且很可能一直下下去。女人穿着浅米色秋衣,衣领立着,脚上的黑皮鞋则泥渍斑斑……这表达的意思是,女人确实走了很长一段时间。或许被人看到的是三个来回,而实际上根本就不止这个数字。

她遇到什么麻烦了,这麻烦或许还真不小。由于这个前提,一些猜测便有足够的理由成立。比如说,她右手拖着的那只黑色旅行箱,它的体积倒是不大,还不时在石板路上摩擦出沙沙的响声。但在皮箱的夹层里,很可能就放着一些解决麻烦的方法:安眠药、毒鼠灵、敌敌畏、一把很容易就能割开动脉的锋利小刀。还有,一星期后去海岛的预订票——在那里,茂密的山间树林,以及巨浪滔天的暗色海滩……这些都是了结问题的相当不错的地点。隐秘,诗意,神鬼不知,特别是对于这样一位还算年轻并且也体面的女人来说。

虽然主意已定,但在打定主意和付诸实施之间的那段时间里,还是容易让人感觉无聊与伤感。就像将死的天鹅跳起忧伤的舞蹈,古道上的纤夫唱着让人落泪的纤歌,恋爱中的女人穿上出嫁时的衣裳。女人觉得自己也应该做些什么,随便什么。

她的目光停留在一根电线杆上,那是竖立在"小吃广场"西面的电线杆。像这样的电线杆,从南到北,石板路上一溜排了好几根,而女人恰巧就站在这一根的旁边。

电线杆上贴着好几张字条,有些已经被雨淋得面目全非了,只有一张还是清晰的。

她凑上去,仔细看了一下。

上面是这样写的:

诚征四岁男孩临时看护。待遇面议。

联系人:陆冬冬。

二

拖着黑箱子的女人推门而入时,屋里有三个人。

开门的是个嘴唇开裂起皮、脸色苍白的女人。她一只手扶着门框,满脸茫然地看着门口这位不速之客。

"你找谁?"

"陆冬冬——是不是住在这儿?"

"我就是。"

"哦,是这样的……"女人把伞和箱子放在一边,接着又从上衣口袋里掏出一张纸,就是刚才在电线杆子上揭下来的那张。她拿着它,并且还晃了两下。"对了,我叫蔡小蛾,你叫我小蔡好了。"

"哦……你先进来吧。"

刚才还贴在电线杆上,现在却鼻子是鼻子,眼是眼的陆冬冬说道。她关上门,又把蔡小蛾让进屋,安排她在屋角的一张椅子上坐下。

这样,蔡小蛾就看到了屋子里的另外两个人。

一个男人坐在沙发上。他身边放着一小堆器械,听诊器、镊子、钳子、一台红绿指示灯正闪闪发亮的机器以及一面银色小镜子。

这一小堆东西让蔡小蛾初步得出判断:这是个医生。

很显然,刚才陆冬冬正在和这个医生说话,谈话被蔡小蛾的敲门声打断了。所以现在他们正继续下去。

"你的意思是说……他聋?"陆冬冬说。

"不,他不聋,但他听不见。"医生回答道。

"那么，他是个哑巴？"

"他也并不哑——"

说到这里，医生咬了咬下嘴唇，干咳了一声。

医生似乎很想举出一个恰当的例子，例子一旦举出，问题也就说明了。但事情在这里出现了难度，所以他边说边琢磨着："你这个儿子，他的听觉系统是好的……但他确实听不见。他也不哑，但他不会自己开口说话。就好比……就好比……"

他的眼光转到了坐在一边的蔡小蛾身上，不由得眼前一亮。

"这么说吧，就好比我们大家都在一扇门的外面，草地呵，菜场呵，医院呵，这些东西都在外面。我们要踢球，就去草地那儿，要吃西红柿或青椒白菜呢，就去菜场，万一碰上头疼脑热的，医院也在不远的地方。但这孩子不是这样，不是这样……他被关在了门里。他一个人待在那儿，再也走不出来了。"

为了说清这个精彩的比喻，医生从那堆镊子、钳子、小镜子里站起身来，以身作则地向门口走去。他这一走动，蔡小蛾就发现了问题：

这医生竟然是个瘸子。

大约走了五六步路，医生走到了门口。他打开门，为了表示出"门里门外"的意思，他还把门留了一条小缝。从那条小缝里，他伸出手，使劲地朝着陆冬冬挥了挥。

"现在明白了吗？我走回来了，刚才那位女士也走回来了——"他用眼光向蔡小蛾这边做了个简短的示意，很快又向陆冬冬那儿转过去,"但是他,你的儿子——他不愿意走回来。"

蔡小蛾看着医生一瘸一拐地重新坐回沙发上。平心而论,除了瘸,这医生还真称得上是个帅小伙。双肩宽厚,肌肉发达,眼睛里还汪着水……他坐在那儿的时候,你怎么都不会想到他是个瘸子。但他一站起来,分明就是个瘸子,左腿比右腿短了好几寸。就是这样,这个世界就是这样奇怪。

这时,蔡小蛾看到屋子里的第三个人——也就是电线杆上写着的那个"四岁男孩",陆冬冬的儿子,瘸腿医生的病人——他正呆坐在窗口那儿。和医生说的情况一样,他就那样坐着的时候,可真是个好看的孩子。夏日玫瑰的香气,清晨的第一滴露珠,还有微风里的一声口哨,说的就是他这样的孩子。和同龄孩子相比,他略微要胖些,胳膊、腿、脸蛋,哪儿都肉乎乎的。他的脑袋很大,有点挂不住似的靠在窗台上。今天妈妈给他穿了件漂亮的海军蓝上衣,衬着他的白皮肤,就像海面上飘过了白云。

只有在和他说话的时候,才能感到有那么点不同。比如现在,陆冬冬向窗口走过去。

"康乐乐。"她叫他。

男孩还是望着窗外的什么地方。窗外是天,是乌云,是远处小学校里光秃秃竖着的旗杆。

"康乐乐,听到妈妈说话了吗?"

她又走近些,并且慢慢弯下腰去。

医生叹了口气,他已经在收拾沙发上的那堆器械了。就在一个多小时前,在自己的小诊所里,他刚送走一个男孩。也是同样的病——自闭症,也就是重度的孤独症。这种病通常病因不明,也没有确切的治疗方式。所以和现在一样,确诊过后,医生能做的,也仅仅就是摇头叹息了。唯一不同的是,那个男孩是父母两个陪着来的。他们拿着诊断书,女的当场就哭出来了,男的搀着她。医生在男的肩上拍了两下,说:"会改善的,要是教育得当的话。"说这话的时候,他自己都觉得心虚。他清楚地知道这些孩子将来的命运,就如同知道他的瘸腿每次着地时细微的触觉。那些孩子……一个一个,他们的脸在他面前浮现出来,胆怯、木然、羞涩,然后便日渐粗糙。

"医生。"陆冬冬再次向他转过脸来。一般来说,女人遇上很好或者很坏的事情时,总是这样的,总是不相信,总是要再问一次,"他……会变成傻子吗?"

"他的智力没有问题,"医生小心地斟酌着字句,所以语速变得缓慢起来,"其实身体也没问题……"

"但他不说话,也不想听我说话。"陆冬冬喃喃自语道。

医生忍不住又叹了口气。他看着面前这个女人,不太美,也有些年纪了。她的这个孩子——他会成为她一辈子的负累的。这是件残酷的事情。对于残酷的事,医生通常都有着职业性的漠然。但他是个瘸子,他做梦的时候,大街是平的,草地是平的,就连楼梯也是平的。他知道绝望是什么感觉。所以说,在面对这个女人说话的时候,他想象着自己在雨天穿越泥泞之地的情景,尽量轻柔,尽量不伤害她。

他甚至还挺了挺腰板,做出一副信心十足的神气:

"你瞧,他会好起来的……总有那么一天,对吧?他还小,他只不过比别的孩子学得慢一些,是的,稍稍慢一些。你知道,总有些孩子是会慢一些的……如果他们比其他孩子更胆小,也更善良的话。"

瘸腿医生再一次向门口走去。这次可不是做什么比喻,而是一次真正的告别。医生走在前面,他走得比较慢,所以跟在后面送他的陆冬冬也放慢了脚步。她替他提着那只黑漆皮医药箱,里面躺着亮闪闪的听诊器、镊子、钳子、温度计、消毒酒精,还有镶嵌了红绿指示灯的小仪器……虽然在刚才的诊断中,这些东西几乎没一样派得上用场。

蔡小蛾看着他们,男孩、陆冬冬,还有医生。整个谈话过程,从始至终,蔡小蛾都在静静观看,细细琢磨。蔡小蛾就像一只黑暗中的蛾子。现在,点点滴滴的小念头一闪一闪的,又如同夜色里的萤火。

关于这男孩的病,蔡小蛾觉得自己有点明白了,但好像又不是完全明白。反正,男孩得的是种怪病。这种病既不发烧,也不牙疼。你要是让他伸伸胳膊,他就能伸伸胳膊。你要是让他动动腿,他也能轻而易举地动动腿。你瞧,现在他的两条小白腿就垂在椅子那儿……不管怎样，就这样看上去，他可要比瘸腿医生健康多了。

过了一会儿，传来了陆冬冬上楼的声音。门开了，陆冬冬摇摇晃晃地坐下来，两只手抓住自己的头发……大约有那么四五秒钟的时间，突然，她想起了屋里还有另外一个人。

"你想清楚了，他可是个病孩子。"陆冬冬从沙发那儿抬起头来，默默地但又意味深长地看了蔡小蛾一眼。

"当然，我当然知道——他是个病孩子。"

这时陆冬冬开始仔细地打量蔡小蛾，很显然，看上去她可不像个当保姆的。

"那么，价钱怎么说？"陆冬冬问。

"随便。"

"随便？"陆冬冬有点不相信地重复了一遍。

"是的，随便。"

这显然不是能让陆冬冬放心的回答，所以她沉默了一会儿。而蔡小蛾仿佛已经看透了她的心思，相当镇静地说道：

"我也是个女人……其他我没法说什么，但至少我也爱孩子……你放心，我会心疼他的。"

三

蔡小蛾给男孩换上新衣服、新裤子。

蔡小蛾为男孩倒了杯热牛奶。

蔡小蛾端来一只方凳子，把男孩抱上去。接着又端来一只圆凳子，放在方凳子的对面，给自己坐。

"来，跟着我说。这是树，树——"蔡小蛾指着窗外的一排老树，做着夸张的口型。

"树上站着什么呢？是鸟，鸟——"

"从树叶中间跑过去的又是什么呢？是风，风——"

但这样的努力显然是徒劳的。男孩坐在方凳子上，一脸迷茫。蔡小蛾甚至觉得他根本就不看自己，根本就没有办法让他对一件事情感兴趣。蔡小蛾对他说"树"的时候，他恍恍惚惚地看着自己的鼻尖。蔡小蛾做出雄鹰展翅的姿势。"鸟。"她说，但男孩莫名其妙地笑了起来。接下来，蔡小蛾说"风"，男孩突然整个人扑到了蔡小蛾怀里去，就像一头撒娇的小兽。

没法和男孩交流，因为首先他根本就不看你。他不会因为你看着他，就觉得自己也应该回看你一下。同样的，你给他指出了一个世界，要牵着他的手，慢慢地把他带进去。谁都在那个世界里活着，但他甚至连看都不想看一眼——这就是男孩康乐乐和这个世界的关系。

蔡小蛾觉得有些哭笑不得。

中午，蔡小蛾在厨房炒菜。炒着炒着，她突然想到了一个问题。是这样的：因为陆冬冬要去上班（现在蔡小蛾已经知道,陆冬冬是一位中学语文老师,而中午和晚上还兼着两份家教),所以男孩的中午饭就得蔡小蛾来准备。她今天想给男孩烧木耳小母鸡汤、双菇苦瓜丝,还有香菇豆腐,所以一大早她就去菜场买了一只鸡、两根苦瓜、三两黑木耳、几块豆腐,还有些香菇和金针菇。又因为买了这些东西,所以就还得添上葱、姜、盐、酱油和香油。然后呢,炒菜需要油锅,有了油锅,又需要把它放在灶台上,所以厨房是必不可少的……这些东西一个紧挨一个,彼此需要,彼此牵制。这就是一个秩序。世界上所有的事情,其实都有这样一个秩序在里边。

蔡小蛾想,男孩的问题就在于他是拒绝秩序的。只有两种人具备这样的决绝。男孩康乐乐是一种。至于另外一种,蔡小蛾想起有一个失眠的晚上,在黑暗里,她问自己:"你为什么要死?"隐隐约约地,她听到有一个声音这样回答:"因为我不想活了。"从这一点来看,蔡小蛾觉得自己与男孩倒是同一类人。

饭好了,菜也好了。蔡小蛾把它们放到饭厅桌子上,然后,又洗了手,抹干水渍。做完这些事情以后,她朝着男孩的方向习惯性地叫了一句:

"好了,吃饭了。"

突然,她想起了什么,猛地回过头来。

男孩正坐在椅子上,用心地啃着自己左手的大拇指。蔡小蛾叹了口气,走过去,小心地把他抱下来。似乎是为了回答自己刚才说的那句话，她低低地又把它说了一遍："好了，现在咱们去吃饭了。"

几天下来，她倒是真有点喜欢他，这个肉乎乎、眼神呆滞、什么都不听什么都不管的小家伙。这是她答应住在陆冬冬家的主要原因。另外，她也喜欢只有他们两个在家时的那种安静。那才叫安静，能听见窗外秋风刮过时树枝折断的声音。一只野狗懒散地趴在楼底下，眯着眼睛晒太阳。有几次，她走到那只黑色旅行箱那儿——自从进了陆冬冬家，它就一直躺在她住的那间小房间的床底下。这是间朝北的屋子，紧挨着男孩的房间。

她打开那只箱子，仔细地摸索了一下，发一会儿呆。然后，再把它关上，重新塞回床底下。

现在，男孩吃完了饭，正坐在外间沙发上，他又开始啃自己的手指头。不过这回不是左手大拇指，而是换成了右手的食指。蔡小蛾皱着眉头看他。当然，这个动作其实并不说明男孩对自己的手指感兴趣。他对什么都不感兴趣，对树不感兴趣，对鸟不感兴趣，对风不感兴趣。所以同样地，蔡小蛾认为他对她——蔡小蛾也不感兴趣。这种游离与漠然的结果是：

在这间屋子里，蔡小蛾觉得自己获得了无限大的自由。而这，正是她现在最需要的。开始的几天，她的睡眠突然改善了，强烈的头痛也缓解了不少。

四

这天晚上，发生了这样一件事情。

和前两天一样，蔡小蛾安排男孩睡下，又仔细检查了他的卧室，然后就回自己的小房间睡觉了。也不知过了多久，迷迷糊糊地，她听到了敲门声。

门口站着陆冬冬。她穿了件蓝底白条的绒睡衣，腰带松松垮垮地系着。她的头发也显得有些凌乱，一看就是刚从床上爬起来的。

"你……睡了吧？"陆冬冬说。

也不知道是自己睡眼惺忪，还是光线的问题，蔡小蛾觉得陆冬冬的神情有些古怪。她迟迟疑疑地点了点头，然后又本能地问道："现在几点了？"

"一点多吧。"陆冬冬说。还没等蔡小蛾对这个时间发表看法，她又说道，"我……能进来吗？"

在蔡小蛾的房间里，陆冬冬待了一个小时左右。在这一个小时里，陆冬冬先是仔细询问了男孩这几天的情况：饮食、体温、睡眠、大小便，还有，他的注意力能集中些吗？他左胳膊上摔破的伤口是否好些？……蔡小蛾一一作答。但与此同时，蔡小蛾又不由得心生疑虑，为什么？为什么要在半夜一点钟问这些？她想。这样想着，她就忍不住抬头去看陆冬冬。在昏暗的床头灯下,陆冬冬的脸有点发青,眼圈也黑着,相当憔悴。这么累,干吗还不睡?蔡小蛾又想。她正这样想着,陆冬冬的下一轮问题又开始了。

她先是站起来,看了看蔡小蛾睡的床:"被子还暖和吧?"

接着她又走到朝北的窗户那儿,说:"这扇窗不太严实,雨下大了就有点漏。"

后来,她的目光在那只黑色旅行箱上面停留了一两秒钟。睡觉以前,蔡小蛾把它从床底拖了出来,现在,它正静静地靠在墙边上。

"要是有贵重东西的话,放抽屉里吧。钥匙我明天给你。"

午夜时分,男孩母亲表现出一种非常强烈的谈话的意愿,直到终于告辞离开蔡小蛾的房间时,似乎仍有点意犹未尽的样子。蔡小蛾看着她穿过黑暗的客厅,重新回到自己的房间。也不知道为什么,蔡小蛾觉得,今天陆冬冬的背影显得特别虚弱、瘦小、犹疑、无力……就像走一半就要摔倒似的。

蔡小蛾关上门,重新躺回床上,睡意却完全淡了。她翻了几个身,感到太阳穴那儿又隐隐作痛起来。

"只能明晚再好好睡一觉了。"她这样想着。

五

蔡小蛾没想到,到了第二天晚上,陆冬冬又来敲门了。

她还是穿着那件蓝底白条的绒睡衣，腰带松着，长的那端一直垂到地上，头发却纹丝不乱。所以蔡小蛾几乎没法判断，她究竟是从梦中醒来，还是根本就没有上床睡觉。

这次陆冬冬什么也没说，就径直走了进来。

蔡小蛾带上门，跟在后面。她揉揉眼睛，犹疑了一下，还是忍不住说道："刚才……我去他房间看过了，他睡得挺好。"接着，蔡小蛾又伸出两根手指，在太阳穴那儿用力按了几下。

但陆冬冬一点没有要走的意思。她一只手撑着椅背，有点吃力地坐了下来。她的样子实在是糟糕透了——她的手从皱巴巴的睡衣袖子里伸出来，拿着蔡小蛾递给她的杯子。但那杯子连同杯子里的水，一到了她的手里，却像得了热病似的，充满神经质地不断抖动。她的脚光着，右脚上套着左脚的拖鞋……左脚倒是没穿错，但那分明是另一双鞋的左脚。

"你……没事吧？"蔡小蛾盯着陆冬冬奇怪的左脚，小声问道。

"没事，我没事，就是睡不着，找你聊聊天。"陆冬冬把手里的杯子放下来。突然又觉得不对，重新拿起来，喝了一口。

蔡小蛾在床沿上坐下来。她的脚触到了床底下的什么东西，她下意识地往里踢踢。方方的，硬硬的，应该就是那只黑箱子。她又抬起脚，用了点力，再往里踢了几下。

陆冬冬倒是一点没在意蔡小蛾的动作。她坐在床边的椅子上，手里捧着那只杯子。"带康乐乐……真是辛苦你了。"她幽幽地说着,眼睛则看着手里的杯子。

蔡小蛾按住太阳穴的手停了下来。康乐乐——她的眼前浮现出那张好看但又愚笨的脸;他永无止境地对自己的手指头感兴趣,以及几乎永远挂在脸上的口水、鼻涕;有时他不肯吃饭,她忍不住打他两下,他却冲着她咧开嘴笑了;还有一次,她给他穿衣服。穿着穿着,她的眼泪突然掉下来了,一串连着一串,怎么都止不住。说也奇怪,这孩子一向是声东击西,你指南他朝北的,那天却突然对她脸上的液体感兴趣起来。他伸出一根白白胖胖的手指,小心翼翼地碰碰她的脸,碰碰她脸上那些咸津津的东西。后来他一定明白了那东西的味道,因为他重新把那根手指放进嘴里,一边啃,一边眼睛亮闪闪地看着她……这真是个奇怪的小东西,乱七八糟的小东西。

"也没有,他其实还是挺乖的。"蔡小蛾脱口而出。

"再说,那天医生不也说了,他会好起来的,他会慢慢好起来的。"蔡小蛾觉得,除了想要安慰陆冬冬的部分,自己也并没有完全在撒谎。

"医生?"陆冬冬摇摇头,"他们全都这么说。"

"全都这么说?"

"为了这个孩子,"陆冬冬抬起头,几乎是恶狠狠地瞪了蔡小蛾一眼,"那天你见到的,已经是第二十三个医生了。"她赌气似的,把杯子里的水一口喝完。"我知道,其实我都知道,他们全都在骗我，全都在撒谎。"

陆冬冬让蔡小蛾去冰箱里拿点酒来。蔡小蛾拿着一瓶酒、两只杯子回来时，脑子里突然莫名其妙地蹦出一句话："第二十三个是瘸子。"她甩了甩头，那句话却一点没有被甩掉，还在那儿蹦来蹦去的："第二十三个是瘸子。"

等到两杯酒下肚，那句话才终于被抛在了脑后。而陆冬冬的脸上渐渐有了血色，话也有点多了起来。

她拉了拉蔡小蛾的手："你知道吗，发现他的问题以后，我见得最多的就是两种人……"

"两种人？"

"对，两种人。医院里的医生和寺庙里的和尚。"

"和尚？"蔡小蛾扬了扬眉毛。

"是呵，大部分遇到的和尚，是因为我去庙里求签。但也有例外的。有一次，我带康乐乐出门，在一条很热闹的大街上，一个穿僧衣的人迎面拦住了我们。那人长得很高，黑黑的，光头，穿一件浅灰色的长袍。他在康乐乐面前蹲了下来，伸出一只手，摸了摸康乐乐的头。他那只手可真大，足足有我的一个半还不止。后来，他站了起来，对我说，你的这个孩子呵，他是个神……"

蔡小蛾张大了嘴巴。她以为自己听错了，吃惊地问："什么？"

"是这样的，"陆冬冬的眼睛这时有些迷茫起来，"他说康乐乐的头上有一个光环……这当然是瞎话。他还说康乐乐到了八岁就会说话了……这种事情谁知道，谁都不敢说，就连医生都不敢说的。但他临走时很长地叹了口气，说等他会说话以后，头上的光环就没了，就给磨掉了。说完这句话，他又蹲下来，摸了摸康乐乐的头。然后就头也不回地走了……你说这件事情有多怪，后来只要一想起来，我就觉得怪。"

"你不觉得怪吗？"陆冬冬突然问道。

蔡小蛾没提防她会这样问，一时不知该说什么。

"还有一次，"陆冬冬不等她回答，接着又说道，"我带康乐乐去看病，那家医院旁边恰好有个寺院，看完病，我就去求签。那天医生把康乐乐的病说得特别严重，所以我心情很不好。但求签的时候却求了个上上签，上面写着五个字：人善天不欺。那天我特别失态，也不管康乐乐在旁边，哇地就哭出来了。后来我忍不住问那解签的，我说，我那么诚心，来了那么多次，但我希望的事却一直没有发生，这是为什么？"

"你猜他是怎么回答的？"陆冬冬打住了，有点紧张地看着蔡小蛾。

蔡小蛾摇摇头。但从她绷紧的嘴唇以及下意识的手的动作看起来，她其实也相当紧张。

"他看了我一眼，很平淡地说，那只能说明你的心还不够诚。"陆冬冬停顿了一下，仿佛又把这句话重新过滤咀嚼一遍，"换了你，你会相信吗？"

"相信什么？"

"相信……相信有一天，康乐乐突然会说话了。"

陆冬冬死死地盯着蔡小蛾的嘴巴，仿佛从那张紧闭的嘴巴里面，随时都会蹦出鲜花、香草，蹦出穿着衣服的白猫，去而复返的光头和尚，或者已经开口说话的康乐乐。

六

陆冬冬的夜间来访一连持续了好几天。一般来说，她会在蔡小蛾的房间里待上个把小时。有时短些，一个小时不到。有时则长些，一个小时过十分钟，或者过二十分钟。这一天，在确认男孩已经熟睡过后，她们去楼下的林荫道上走了走。蔡小蛾穿了一件土黄色的薄呢外套。在她那只黑色旅行箱里，统共才放了一件外套、一件毛衣，还有一套被揉得皱不拉叽的内衣。脚上那双黑皮鞋呢，也因为浸水时间太长，皮革纤维变得松软、疲沓，穿在脚上整个大了一码，倒是很像汪洋里的一只小船。陆冬冬还是披着睡衣，只不过在临下楼时，外面又套了一件式样明显过时的外套。但睡衣比外套长了一大截，腰带的两头一前一后，一头从外套敞开的前襟那儿垂下来，另一头则随着陆冬冬走动的步伐，不断拍打着她的两只小腿。

在离她们不远的路边，传来一声很闷的狗叫。

一个治安联防的，拿着手电筒在她们身上扫了几下。接着，光圈又落到了旁边的香樟树上，好像树丛里躲着小偷、抢劫犯，或者纵火者一样。几天以前，蔡小蛾打着伞，拖着黑箱子来的时候，几乎没有注意到这些枝冠浓密的树。而现在，她的生活里除了这些树，还突然多了一个自闭症男孩、一个绝望的母亲——这位名叫陆冬冬的母亲需要她。凭借女人敏锐的直觉，蔡小蛾早就看出了这点。但是她为什么需要她？仅仅因为男孩确实离不开一个照顾他的看护？

蔡小蛾想起了一件事情。就在早上，她整理房间的时候，无意中发现陆冬冬床边打开的抽屉里放着好几只药瓶。出于好奇，当时蔡小蛾拿起来看了一下，结果吓了一大跳。有些药名她熟悉，有些药名她不太熟悉。而她吓了一大跳的原因则在于，那些熟悉的药名，恰恰和她放在黑皮箱夹层里的一模一样。

她手里拿着药瓶，站在那儿，犹豫了几秒钟，最后还是把它们放回了抽屉里。那些药，它们或许说明了什么问题，或许并不能说明什么。然而不管怎样，出于对男孩的责任心，蔡小蛾觉得，有些话她还是应该提醒陆冬冬的。

"孩子还小，"她清了清嗓子，但同时又把声音压低了说，"家里有些东西最好放在他取不到的地方。"

陆冬冬一时没反应过来，但她一定也想到什么了，一脸讶然地看着蔡小蛾。

蔡小蛾只好硬着头皮往下说。

"比如说,小刀呵,打火机呵,药瓶呵。"说到药瓶的时候,蔡小蛾停顿了一下,但最后还是决定艰难地把话说完,"有些抽屉……最好能锁起来……锁起来就好了。"

在月光下,蔡小蛾觉得陆冬冬的脸色一会儿泛红,一会儿又有些发白。这个印象多少有点分辨不清。

如果是泛红,应该是陆冬冬在谴责自己不该有的疏忽。但要是发白的话,那么,刚才对于黑皮箱的联想可能就是成立的。蔡小蛾这样想到。

七

接下来的几天,蔡小蛾在做完给男孩穿衣做饭、教他说话、打扫卫生、整理房间,以及独自发呆,把床底的黑箱子拖出来,打开,摸索一番,再塞进床底这些事以外,突然又多出了一件事情:

查看陆冬冬房间里的那只抽屉。

这件事情是她完全忍不住要做的。明明知道不应该,明明知道是不好的,是违背道德的,但还是没法控制。做这件事的时候,她觉得自己带有一种好奇、犯罪感、责任心交替混杂的复杂心态。

有一次,那只抽屉真给锁起来了。蔡小蛾凑近了看,上面挂了把小铜锁,锁的边沿还有些斑驳的锈渍。

还有一次,蔡小蛾才轻轻一拉,抽屉就开了。但抽屉里面是空的,什么都没有。

最让蔡小蛾感到尴尬的是,有一天中午,吃完饭,洗了碗,康乐乐也开始在客厅里仔细研究自己的手指头……她鬼使神差地又进了陆冬冬的房间。这回抽屉里没有药瓶,却多了五六张大大小小的照片。第一张是个穿红肚兜的男婴,正对着镜头咯咯傻笑。第二张里还是有那个男婴,不过他被陆冬冬抱在了怀里。还有个男人坐在陆冬冬旁边,戴黑框眼镜,白衬衣,条纹领带,相当精干的样子。但让蔡小蛾感到惊讶的是,照片里的陆冬冬是那样年轻明媚——这哪是那个半夜敲门、憔悴而又苍老的女人呵……

就在蔡小蛾翻看第三张照片时, 那扇虚掩的房门突然开了。

康乐乐站在门口。

"康乐乐——"

蔡小蛾听见一只丽蝇嗡的一声飞走了,还听见康乐乐哧哧的吸鼻子声(那几天康乐乐正在感冒,鼻尖那儿被擦得红红的),但蔡小蛾记得最清晰的是自己的声音,虚弱,并且……蒙羞。

就像他经常呆呆地坐着那样, 那天康乐乐呆呆地站在门口。然后, 就像他经常无缘无故地哭一样, 那天康乐乐咧开嘴,无缘无故地冲着蔡小蛾笑了笑。

蔡小蛾在康乐乐身边蹲下来,指着照片里的那个红肚兜男孩。

"来,来看看这个,这个是你吗?康乐乐。"

康乐乐笑笑,然后有点不好意思地往后缩缩。

蔡小蛾又指着那个戴黑框眼镜,穿白衬衣,系条纹领带的男人,问道:

"妈妈抱着康乐乐,对吧,这个呢,这个是爸爸吗?"

康乐乐还是在笑。他的身体不断扭动,不断朝后退缩,仿佛蔡小蛾手里拿着一条正吐着蛇芯、随时都会扑上来的蛇一样。

现在,到了晚上,对于蔡小蛾来说,安静地睡眠重新又成为一件奢侈的事。当然,原因与以前是不尽相同的,至少多了以下两点:首先,陆冬冬很有可能半夜三更来敲门;再有,在发现了那个抽屉的秘密以后,蔡小蛾突然又有些担心起来——如果,陆冬冬这天晚上没有来敲门……

她老是觉得有一些意外的声响。有时候,她猛地从床上跳起来,推开门,竖起耳朵听听。

万籁俱寂。只有风刮过树叶时发出的沙沙声。

好不容易迷糊着睡了,她梦见自己在一个浓雾弥漫的清晨离开了这个房间。她拖着那只黑箱子,穿过一整片的香樟树林。整个天空都飘着牛奶,或者蒸汽一样的冷雾,就连树梢上都挂满了水珠。雾气没头没脑地向她扑来,头发,脸,脖子,手臂。并且很快结成了冰。她感到冷,恐惧……她转过身,想重新回到那个房间去。突然,她的手摸到了身边的一棵树。她紧紧地抱住它,手脚并用,拼命往上爬——只要爬到树梢,就可以触摸到朝北的那个窗户。

她跌了下去。

噩梦整夜缠绕着她。第二天早上,她在厨房里见到陆冬冬。令人吃惊的是,陆冬冬竟然也面如纸色,神情恍惚,好像昨天晚上彻夜未眠,又是担惊受怕又是竖起耳朵的人是她一样。

吃早饭的时候,陆冬冬说了一件事。"今天是康乐乐的生日。"接下来,她又告诉蔡小蛾,下午她准备带男孩上街,买点东西,顺便再去拍张生日照片。

她看了一眼蔡小蛾:"你去吗?"

蔡小蛾想了想,说:"那么,他五岁了。"

陆冬冬把她的话又重复了一遍:"是呵,他五岁了。"

八

这天晚上,陆冬冬敲门的时候突然发现门开着,而蔡小蛾也没睡,她披了件衣服,正坐在床边的椅子上。

"你来了?"她的姿态和语气,就像断定了陆冬冬一定会来似的。

两个女人面对面坐下，彼此深深地看了一眼，几乎同时张开了嘴巴——

"你先说……"陆冬冬不好意思地笑了笑，还搓了搓手。

"还是你先说吧……"

蔡小蛾仔细地打量着陆冬冬。就在这个下午，她们带着男孩去照相馆拍生日照。摄影师替他选了一身小迷彩服，呱呱叫的小靴子，还有一顶古铜色的军用钢盔。她们费了好大的劲儿，包括用糖果、可乐、巧克力等一系列的诱惑，好不容易才把男孩抱进了那辆道具坦克里。

蔡小蛾站在镜头那儿看效果。后来陆冬冬也来了。她明显觉得陆冬冬在发抖。"他可真好看呵。"她还听见陆冬冬惊叹着说。

现在，陆冬冬就坐在对面。她说话的时候显得特别严肃。这严肃说明了某种凛然的态度，也说明了谈话的重要与确凿。而今天蔡小蛾认为更应该是后者。

"你能在这儿待多久？"陆冬冬问。

"多久……我也不太清楚。"

"你会很快就走吗？"因为某种奇怪的情绪，陆冬冬的声音就像发着高烧似的。

"这个不好说……我真的不知道。"

"我想说的是，"陆冬冬直视着蔡小蛾的眼睛，"你别走，我希望你不要走。"

"我从没说过要走……"

"我知道，你头一天来我就看出来了……虽然我不知道是为什么……但我知道你很快就会离开我，离开我，还有康乐乐，就像……他的爸爸那样。"

蔡小蛾没有说话。这和她想象中的谈话有着很大的区别。她一时还没能跟上陆冬冬的思路，但有个形象是清晰的：那个男人，黑框眼镜、白衬衫、条纹领带，以及凝固在那张照片里的巨大的沉默。

"我晚上经常来敲你的门，你一定会觉得奇怪吧，"陆冬冬继续说道，"其实我真是没办法，一点办法都没有。因为我害怕，我特别害怕，我特别害怕这个屋子里只有我和康乐乐两个人……"

"这又是为什么？"

蔡小蛾觉得谈话越来越离奇了。

陆冬冬咬了咬下嘴唇，又停了一会儿。"他还小，他现在其实一点都不痛苦，但他总会有长大的一天。等他长大了，我也老了，等我老得什么事都没法做的时候……"说到这里，陆冬冬又停顿了一小会儿。仿佛那个抽象的"老"字，已经穿过漏风的窗缝，正式登堂入室了似的。

"等到了那时候，等我老了，等我死了的时候，他怎么办？"

陆冬冬的声音变得尖厉刺耳，这问题和声音都是蔡小蛾始料未及的，她有点紧张地看着陆冬冬，担心会有更震惊的事情发生。

果然，陆冬冬说："等到了那时候，他会非常非常地痛苦……非常非常地痛苦，即便他自己完全意识不到。每次我这样想的时候，就特别想做一件事情。"

"什么事？"

蔡小蛾听到了自己不规则的心跳声。

"杀了他。"

蔡小蛾瞪大了眼睛，惊讶得完全说不出话来。

"但是，今天下午，我在镜头里看着他……他是那么小，那么好看，那么孤独，在那么一大群人里面……我突然觉得自己是那么害怕失去他……你有孩子吗？你懂得这样的感受吗？"

蔡小蛾摇摇头，紧接着又使劲地点了点头。

"你别走，帮帮我。"陆冬冬急切地说道，眼神里则充满了蔡小蛾熟悉的那种恐惧、忧伤和焦灼。

九

几天以后，也是一个下着秋雨的日子，一个穿着毛衣、头戴绒线帽的女孩子蹦跳着走过"小吃广场"。她的手里拿着一根玉米棒,边走边啃,看上去吃得很香。

她在广场西面的电线杆那儿站住了,东张西望着,可能在等什么人。

过了一会儿,她的注意力被电线杆上的一张字条吸引住了。她小声地念了出来:

诚征五岁男孩临时看护,待遇面议。

联系人:陆冬冬、蔡小蛾

危楼

我是那么想念林容容，想念那个流落在外、飞鸿无讯的林容容。我甚至还把她的一张照片偷偷夹在备课用的笔记本里。对于这个不知生死的林容容，我怀有一种隐秘的亲切感。因为我觉得，她就像我的另一个自己，另一个我藏匿得非常非常深的自己。

1

　　林容容家住的是私房。她做古董生意的太爷爷传下来的。我认识她的时候,她们家刚刚落实了政策。那年林容容二十一岁,穿着大街上文艺青年们流行的蓝印花裤。她长得有点婴儿肥,看人的时候眼睛定定的,但给人的感觉却是她根本就没正眼看你。其实她并不近视,并且也还应该算是好看的。

　　她带我去看那栋旧洋房。里面占用的人家全搬走了,荒芜了一段时间,草都长出来了。

　　我们是翻着围墙进去的。

　　小楼外面有个院子,院子中间是一棵开花的桃树。但那天我们没在桃树上看见花。前一天晚上刚下了场雨,桃红遍地了。

　　那天我穿了裙子,行动不太方便,翻墙的时候我不小心崴到了脚。林容容让我在下面休息会儿,自己就噔噔噔上楼去了。

　　我听到楼板的响动声,嘎吱嘎吱的。头顶上,木头的缝隙里很慢很慢地掉下尘土来。这栋旧房在一条幽深小巷的最里面,而且还是个死角……突然,一扇没有关好的门发出很响的嘭的一声。

我是个有名的胆小鬼,但那时我正在谈恋爱,所以总觉得自己其实不是一个人。我在那个幽暗的堂屋里踱着步,身上附着隐形人给予的勇气。我还小声地呼唤了起来:

"林容容……你在吗……林容容……你在哪里呵?"

我叫了很长的时间,但听不见回音。于是我又叫。头顶上继续掉下来很细很细的灰尘,有几颗几乎掉到我眼睛里去了。我甚至还能清楚地听见那些声音,那些残存的桃花瓣落到地上的声音。

后来,过了一段时间,我对林容容讲起这件事情。我说那天到底是怎么回事呢。我叫你,你不答应。我上楼来找你,楼里面全是隔夜阴雨的气味,很久不住人的霉味,还有些门窗的声响。但房间里却是没有人的。空无一人。

但林容容不承认这个。她理直气壮地对我说:"我明明在那儿呵,我好像还听见楼板响的。"

我仍然觉得这事情有点蹊跷,又问:"那你听到几次楼板响呢?"

林容容摇头,说这个她记不清了。于是我告诉她,是两次。第一次我上去的时候没看到她,心里害怕,就下来了。但后来我又听到上面楼板的响动,嘎吱嘎吱的……所以过了会儿,我就又上去了。这一次,门一推开,我就看到林容容了。她站在二楼的窗台那里,一只手撑着下巴,正在那儿发呆。

林容容家的小楼,是很有些奇怪的传说的。所以很长一段时间,我胆小多疑的本性又在驱使我胡思乱想。一会儿想想这个,一会儿又想想那个。但后来有一天,我突然有点想明白了。

林容容比我大一岁。她发育得很早,又从来就是个浪漫不羁的角色。那一年,她应该也是在谈恋爱。

2

我在二十七岁的时候,和我认识的第二个男朋友结了婚。这不是一件非常完美的事情。完美的事情,应该是和第一个男朋友结婚的。

我们两个家境都很一般。我是一所普通中学初中部的美术老师,他则是个机关里面的小职员。在我们认识一年以后,他给我家里送了合适的彩礼,给我买了个不大不小的戒指……然后告诉我说,我也不是他第一个女朋友。

结婚以后,我们和他的父母一起住过一段时间。是七层楼高的老的公房,而我们就住在顶楼。那时正是个百年难遇的大热天。一楼的男主人穿着肥大的裤衩,在门口神色可疑地走来走去;走到四楼的时候,总有一个白内障的老太太坐在门口,哆哆嗦嗦地剥着毛豆;六楼有条恶狗;而我的公公婆婆都不太爱说话。他们喜欢吃异常清淡的菜。所以我总是买了好多辣酱话梅之类的东西,偷偷藏在卧室里。

日子过得倒是还算凑合。夏天很快过去了,我发现我的丈夫有一个奇怪的癖好:天气才刚刚有点转凉,睡觉的时候,他就一定要关上窗户,而且是完完全全地关上,一丝一毫的缝都不能留。我坚持了几次,结果都以失败告终。于是顺理成章的,他的癖好也就成了我的癖好。

我是在一次散步的时候,才偶然发现,林容容家落实政策的那栋小楼,其实就在旁边一条巷子里。那天的月色很好,我从那面围墙下走过的时候,一些姿态奇特的植物非常懒散地趴在墙上。它们的触角向四处蔓延着,就像一只垂落在那里的无比优美的大蜈蚣。

我在围墙下面站了一会儿。那段时间我和林容容几乎没有什么联系,所以我完全不能确定,她是否还住在那栋房子里面。那天,我站在小楼的围墙外面,突然觉得那面墙是那么高,而那么高的墙,现在的我是无论如何都不敢,也不能翻过去的。

后来我对我丈夫讲起过这件事,还带他去看了一次。那天阴雨,院墙里面有一阵阵的香气飘出来,能看见小楼里开着灯,但或许是天气的关系,看上去更像闪闪烁烁的鬼火。

我丈夫说他很不喜欢这个地方,所以我就打消了进去寻访林容容的念头。我们很快就走了。一路上，我们讨论着过段时间自己买房的事，好像还有一些其他的事。接下来他还问了几个关于林容容的问题。我其实也答不上很多。后来我终于被问得有点不耐烦了，于是就打断了他的话。

我记得那天晚上雨下得很大。半夜我醒过来的时候，雨点正敲打在紧闭着的玻璃窗上，非常密集，非常规律，也非常空洞。

关于林容容这些年的事，我多半也是听别人说的。落实政策后的第二年，她们家正式搬进了那栋小楼。那阵子，我和她正在一个夜校里上美术课，林容容是班里面最光彩照人的一个。第一天上课的时候，她穿了件翠绿色的连衣裙，脑袋上顶着一个鸟巢形状的深玫瑰色假发。

下课时她和我结伴回家。她一脸喜色地告诉我说，她爱上那个气质忧郁的美术老师了。

那个晚上，林容容霸占了我家里的电话。在一种奇怪的半睡眠状态里，我倾听着林容容的倾诉，昏昏沉沉，竟然如坠仙境。这样的情形让我几乎无法判断，林容容究竟要干什么呢？是告诉我她满得藏都藏不住的情感，还是在暗暗地，但是异常严肃地警告我，不，是警告所有的人——那个穿得土里土气、胡子拉碴的美术老师，那个偶然出现在她面前的人——从那天开始，从那个晚上开始，他是她的，他属于她，仅仅属于她……

"你明白了吗？"电话那头林容容的话，再次把我从假寐中唤醒。

"明白了，我明白了。"我回答得语无伦次。

但我仍然是个胆小的人。

于是，我不无担心地、小心翼翼地问道："你有把握吗？他……对你……会怎么样？"

电话那头发出了轻蔑的鼻息声。这个问题是属于我这种胆小鬼的。林容容根本就不屑回答。

扔掉电话我就睡着了。平时我很少做梦，那个晚上也像几乎所有的晚上一样，我睡得很安心很踏实。

对了，那个晚上还发生了另外一些事情，有一些我意识到了，还有一些则是完全没意识到的。比如说，直到很久以后我才知道，我的第二个男朋友，也就是我现在的丈夫，那天晚上他其实就在隔壁班上课。他学的是国家统一的公务员课程。课间休息的时候，我们说不定还在那条黑咕隆咚的课堂走廊里擦肩而过呢。当然啦，我不一定能记住他，他也不一定能记住我。我那天穿着最最普通的细格子棉裙，齐耳的学生短发，眼镜是浅黄色镜框镶着几道咖啡边的。除了那颗毫无特色的胆小的心，以及稍有特色然而隐匿极深的灵魂，我和大街上任何一个人都没有区别。

在我结婚以后，有一天，我和我那丈夫开玩笑说："我和你呵，可真是天生的一对，地设的一双。"

谁说不是呢，我们都是深海里的长住鱼，在黑咕隆咚的河道里游着游着，游倦了，总会不动声色地在一起。

还有一件事情。那天晚上，在林容容疯狂而又迷乱的电话倾诉里，还夹杂着另外一些奇怪的信息。她神秘兮兮地告诉我说："我的外婆，你知道吗，我的外婆。"我在电话的这头自顾自地摇头，她则在电话的另一头自顾自地往下说。

"我的外婆，她是从封建大家庭里逃出来的。为了我的外公，为了她热血沸腾的理想，在一个大雪天的晚上，她狂奔了十多里路，身上只穿了一条蓝底白花的单裤。"

不知道为什么，我的眼前突然晃过了一条蓝底白花的裤子。那是我和林容容翻越围墙的那个下午，她的身上就穿了条蓝底白花的裤子。她在我面前就像激流里的飞鱼，轻捷地腾身一跃，很快就消失不见了。

"那后来呢？"

"后来？"电话那头的声音果断而又急切，"后来她成功了，并且改变了她的一生。"

这种奇怪的事情出在林容容家里，就变得一点也不奇怪了。我稍微感慨了两句，就安静了下来，闭了嘴。人各有命吧，我的命是在黑漆漆的夜校走廊里，波澜不惊地遇到我未来的丈夫。林容容的命当然是不一样的，她有任何一种离奇的命运也都是应该的，都是我可以想见的。

不过，有一件事情却是我万万没有想到的。我怎么可能会想到呢，那个晚上，那个我和林容容几乎通宵打电话的晚上，它距离我下一次再见到林容容，这中间竟然整整相隔了七年之久。

在那个通宵电话过后的一个礼拜，我生了场大病。那时我和我的第一个男朋友正处于冷战阶段。我像得了热病似的，一会儿鼓足勇气去讨好他，一会儿又战战兢兢地自我忏悔着，觉得生不如死。那个礼拜我没去夜校上课，到了再下一个礼拜，我正在灯下准备着隔天上课的东西。突然，电话响了。

是林容容。她匆匆忙忙地说了几句，大致的意思是，她马上就要上火车了，所以把这个消息告诉我一声。

伴随着火车的汽笛声，我好像还听到她兴奋地叫了起来："是两个人！我们两个人走！"

我听得有些莫名其妙，直到后来我才弄明白，她说的两个人，其实指的就是她和那个美术老师。也就是说，在两个人认识了十多天以后，她带着那个气质忧郁的男人私奔了。

在我和林容容失散的这七年里，我们生活的这个国家发生了很大的变化。我和林容容生活的这个城市也发生了很大的变化。当然，我也在变化。不过，和这个国家、这个城市里绝大多数的人一样，我的生活是流畅的，是源远流长的绳和线，一头连着我们几千年的伟大传统，另一头则接着谁都捉摸不透的将来。

而林容容的自然就是一些散落下来的碎片了。

据说她和那个老师出走以后,就去了一个非常边远的省份。他们在那里住了下来,轰轰烈烈地生活了一阵子。但是林容容究竟去了哪里呢?有一阵子,我放了一张全国地图在玻璃台板下面,空下来的时候就仔细地琢磨一下。不过按照林容容的脾气习性,我觉得自己根本没法判断她去了哪里。因为她哪里都可能去。那一阵全国好些地方都在发洪水,是个大灾之年,电视上每到播放抗洪救灾的群众场面时,我就老是在那些光着脚丫、卷起裤腿的人群里找来找去的。我老是觉得林容容很可能就在里面。她雄赳赳地坐在一只橡皮艇上,手里举着一面小红旗。在她身后,是凶猛的水,滔天的水……

我还开始悄悄地留意起报纸的社会新闻栏目。那些离奇的社会新闻、法制新闻,我怀疑里面冷不丁地就会冒出"林容容"这三个字。有一次,晚报报道一个西南省份出生了四胞胎,两男两女,还都是龙凤胎。报纸上登着那个幸福的英雄母亲的侧影。我盯着看了一会儿,越看越觉得她像林容容,那简直就是大了几码的林容容嘛。那个不羁的下巴,顽皮上翘的鼻尖,还有那双眼睛,那双从来都不正眼看你的眼睛。

有一天晚上我做梦。在梦里面,失踪多日的林容容开口说话了。她的声音很清晰,非常清晰。

她说："我很好。"

我张了张嘴，想询问一些我迫切想知道的事情。我太想知道了。

林容容继续往下说："真的很好。"

我发现自己完全发不出声音来，这是经常会发生的事情。在梦里，我要么超越常规地大喊大叫，要么就是完全发不出声音。

林容容还在说："你来吗？"

我拼命点头。

林容容非常冷漠地看着我说："你不会来的。"

我想争辩，但仍然哑口无言。这让我感到非常焦虑。

林容容的脸变得越来越冷漠了。她冷冷地看着我说："好了，你不用说了，我都知道。"

我不明白林容容究竟知道什么了，但在梦中，她那张冷漠的、毫无表情的脸，却真的让我沮丧了很久。这些年来，我生活、工作、恋爱、结婚，那真是环环紧扣，一环都不敢松懈呵。只要松了一小环，我就会害怕。只要有一丁点的缝隙，我就会恐惧。但老天知道，其实我是那么想念林容容，想念那个流落在外、飞鸿无讯的林容容。我甚至还把她的一张照片偷偷夹在备课用的笔记本里。对于这个不知生死的林容容，我怀有一种隐秘的亲切感。因为我觉得，她就像我的另一个自己，另一个我藏匿得非常非常深的自己。

林容容已经成了我的幻象。

3

我没有想到，我和林容容的重逢竟然来得这样简单，这样平常，简单平常得几乎都不像是真的了。

那天晚上我正躲在房间里，一边备着课，一边用白馒头蘸着辣酱吃。外面的小客厅里，公公和婆婆正在看电视，好像是一部缠绵的家庭伦理连续剧。从门缝里可以看到，公公和婆婆正非常端正地坐在沙发上。有那么几次，我无意中发现婆婆像是在偷偷地抹眼泪。男人总是理性很多，所以这个时候，公公总是尴尬地干咳两声。

他们好像都有点怕我看到。

林容容的电话就是这时候打进来的。她稀松平常地和我打着招呼，仿佛她昨天还在这儿，吃着酒酿南瓜，陷落在布沙发的中间……她抬着那个尖尖的下巴，不容置疑地对我说：

"明天来我家吧。家里的昙花开了。"

不管怎么说，这后面一句话还是让我眼前一亮，并且隐隐约约地感到了兴奋。正是这句话让我对这次重逢开始抱有期待。或者说，正是这句话让我相信：刚才匆匆忙忙和我说话的人，那个人真的是林容容，不是旁人，真的是她。因为只有她，才会把那种奇怪的、危险的、她已经带走很久的气息，重新在我面前弥散开来。

我甚至已经闻到了那种熟悉的、让我久久兴奋的气味。

第二天下午，我去了林容容家。远远地我就看到她了，在二楼的窗台那儿，她正向我招手。

我一路小跑着上了楼梯。一个满脸皱纹的瘦小老太太，一手拿着几件脏衣服，一手提着鸡毛掸子，在楼梯口和我打了个照面。

林容容长胖了，那个傲慢的尖下巴现在成了双层的。在下午两三点钟的强烈日光下面，她的脸上能看出非常明显的雀斑的印记。那张我曾经熟悉的脸有了不小的变化，好像多出了一些什么，又显然是少了点什么。

林容容比以前长得难看了。

"你好吗？让我好好看看你！"她欢快地，几乎是雀跃地从窗口那儿朝我扑来。

我被她的情绪感染了，也有点激动，一时竟说不出话来。

"我过得很好！你知道吗，非常好！你都不知道我过得有多好！"她快乐地在房间里一连转了好几个圈。

林容容下楼去给我倒茶水。我坐了下来，平复一下久别重逢的心情。胸口装着那颗怦怦乱跳的心，我四下打量着这个说不上熟悉，但是也绝不陌生的房间。

房间里弥漫着一种劣质皮鞋受潮后刺鼻的橡胶气味。那双还算小巧的女式皮鞋就躺在椅子旁边,上面沾满了泥。房间靠窗的角落那儿,放着一只巨大的帆布旅行背包,拉链敞开着,里面的东西歪七扭八地散落在那儿。能看见白色胸罩的一个角,一件黑色透明的女人衣服,几块脏兮兮的浴巾一样的东西……

我在地板上还看到了一本袖珍版的《世界艺术史》,只是其中有两页纸被潦草地撕了下来,揉成一团,胡乱地扔在地上。

伴随着一阵急促的脚步声,林容容重新回到了我的面前。她端来了茶、糖果、瓜子、面包,甚至还有我喜欢的辣酱和话梅。她搬了个小凳子坐在我对面,紧紧地拉着我的手。我的脸都红了,莫名其妙地沉浸在一种甜蜜而充满高潮的氛围之中。

林容容对我说了很多事情。

当年她坐三天三夜的火车离开了家,一路上奇遇不断,精彩不断。就在这些奇遇与精彩的循环往复之中,七年很快就过去了。她说就在昨天,有家本地的晚报来采访她。他们不知怎么就知道她回来了。她都回来一阵子了,他们一直找不到她,联系不上她,即便联系上了她也不想理睬他们。所以昨天,他们是偷偷摸摸地找上门的。他们一共三个人,准备了照相机、摄录机以及目前市面上最先进的录音设备。

“那时我正在房间里睡觉呢,突然就听到楼板响了。”

她微笑着,非常小声地告诉我,仿佛正在诉说一个让人心醉已久的秘密。

在整个回忆与诉说的过程中，林容容一直处于高度兴奋的状态。她的眼睛亮了，发胖了的双下巴仍然高傲地微微翘着。我甚至觉得她其实还是好看的。我的两只手被她死死地抓在手里。我像个傻瓜一样呆坐在那里，不断地点着头，内心却感到惭愧、内疚。我不敢打断她的话，甚至不敢动，只是偶尔才发出几声尴尬的、自愧不如的干咳声。

就在这时，隔壁房间突然传来一阵婴儿的啼哭声。过了一会儿，刚才那个我在楼梯上遇到的瘦小老太太走进来，冲着林容容大声说着："快去看看！该喂奶了！"

或许是因为我的脸上写满了疑惑与不解，林容容补充说明似的又说了几句："忘了告诉你了，是个男孩子，五个月了。"

"孩子？……你的？"

她点了点头。

"那……他呢？"我一下子想不起来，那个忧郁的中年美术老师，到底应该怎么称呼他呢。

"他？半年后他就走了。走就走。不过，他真的是爱我的，你都不知道他有多么爱我！"林容容一副满不在乎的样子。

"那这孩子……"我越来越糊涂了。

"另一个男人的。他也爱我，谁也不知道他有多么爱我！"

说这句话的时候,我突然注意到,在林容容的身上,只有一个部位和表情是完完全全没有变化的——她的眼睛。她说话时的那双眼睛,即便它是死死盯着你的,却也总给人一种根本就没正眼看你的感觉。

　　我很快就离开了林容容家。

　　我在小院里又稍稍站了会儿。阳光正大,小院显得苍白、简陋,甚至还有些肮脏。而院子中间的那棵树又粗壮了不少,无数的叶子疯长着,但根本就看不出是桃树、梨树,或者其他的什么品种。

　　瘦小的老太太正从外面倒了垃圾回来,她很不友好地白了我一眼。这让我心里有点不舒服,便随口问了一下:"请问您是——"

　　"她的外婆。"

　　她的回答硬邦邦的,就像远古时期的石头。

　　那天晚饭以后,我和丈夫聊了聊林容容的事情。他非常坚决地认为她是个妄想狂。现代医学上有很多这种病例,极端的、危险的、无处不在的。他们单位的旁边就是市妇联,最近这种类型的事件发生得非常多。他们领导去那边检查工作,他也跟着去了。然后他又非常不屑地讲了几个例子给我听。

　　说完以后,他伸了个懒腰。"早点睡吧。"他对我说,然后又补充了一句,"以后少跟这种女人打交道。"

我很累,却怎么也睡不着。

那天我是开着窗子睡觉的。半夜的时候风很大，在睡梦里他咕哝了几句让我关窗,但我没有理他。

倒影

和以前的几次、很多次一样，我提着便捷的小型旅行箱下楼，向站在二楼窗口张望的母亲挥手。隔着玻璃，以及一层米白色的纱质窗帘，母亲的脸显得阴沉而漠然。或许，引起我内心不安的，正是母亲那张面目不清神情不明的脸。

一

1

我探身向母亲道别时，她正皱着眉头站在一长排书架前，老花镜滑到了鼻尖上……她那有些复杂的眼神从镜片上面看着我。

"真是不巧，云姨很想见你的。总是这么不巧。"她的目光最终停留在我脚边的那只小箱子上，厚实、小巧，正好可以放下一套换洗衣服、一套轻便的睡衣以及旅行装的洗漱用品。

"两三天就回来了，山西那边有个重要的民俗画展开幕——"我笑笑，轻松地耸耸肩。每次我都是这样。我在一家综合类的周刊社工作，时事、法律、教育、艺术、妇女问题、明星八卦……几乎无所不包。所以，每次我都能轻而易举地找出由头，向母亲解释这种必需而突然的出差。本来就是嘛，我们的国家疆域如此广阔，变化又是这般快速而莫测，即便我找出一个最为离奇而荒诞的理由，母亲也是会相信的。至少，作为这个理由本身，她不得不相信。

当然,她会问一些细节上的问题,比如说:"坐飞机还是火车?"

"飞机……还是飞机方便些。"我再次笑笑,轻松地耸耸肩。

天气很好,蓝天上飘着朵朵白云。我回头朝母亲挥手,脸上带着与亲人离别时应有的惆怅、沉思以及类似于告慰的微笑。而对于这种一如既往但又突如其来的事情,母亲似乎也早已习惯。她有些臃肿的身影在窗口短暂出现了一会儿,很快就消失了。而就在窗帘拉上的那个瞬间,我突然有种冲动,如同录影机倒回键按下,一切重新开始,再次安排。我拖着旅行箱朝后退去,滑轮在水泥地上擦出刺耳的响声。开门,上楼,母亲惊讶而诧异地看着我,但很快便恢复到告知她短途出差前日常平静的神态。我若无其事地放下行李,如同从来就没有把它们仔细整理、归置过。拖鞋轻软舒适。波斯花纹的地毯也是轻软舒适的,而且美观。地毯花纹虽然繁复,却有着缜密规范的线条。轻声匿迹,不动声色,我归位到这个上午刚刚开始时的一切。

天气很好,朵朵白云一如往昔地飘在蓝天上——世界并没有什么不同。我从书房门口走过时,母亲从书架前抬起头,叫住了我。

"云姨要来了,今天下午到。"母亲鼻梁不高,玳瑁色的宽边老花镜经常滑下来,这让她的神色中总有一种探究与质疑的意味。

"哦,好呵,多好呵,这么好的天气……"

"晚上一起吃饭?云姨很想见你的。"

"好呵,还是在'沸腾鱼乡'?"

…………

2

然而——真实的情况是那天上午我并没有折返回家,和
以前的几次、很多次一样,我提着便捷的小型旅行箱下楼,向
站在二楼窗口张望的母亲挥手。隔着玻璃,以及一层米白色
的纱质窗帘,母亲的脸显得阴沉而漠然。或许,引起我内心不
安的,正是母亲那张面目不清神情不明的脸。有几次,她同样
站在窗口向我告别。窗户开着,她探头出来,嗔怪几句。她心
里不太高兴,因为她不希望我这时候离开。她觉得我应该留
下来,见见她的那些朋友。还有几次,她笑着向我说了句下雨
下雪、防寒保暖之类的话,马上转身离开。我知道她没多想什
么,她忙得要命,下午、晚上,或者明天,还要接待来看望她的
那些人……她那么想见的那些人。

但这次有点不同,什么地方出了差错,她怀疑着什么。她
的眼神,滑下来的玳瑁边老花镜,因为窗帘遮蔽而显得阴沉
的脸色。她确定了?或者还没有确定?但不管怎样,她怀疑了,
她不再信任我。

旅行箱在水泥地上再次擦出刺耳的响声。这样的摩擦声

一直延续着,向左,穿过小小的喷水池。一个学步的小男孩,蹒跚地走着鸭步,摇摇晃晃奔向不远处张开双臂的母亲。喷泉的雨雾隔开了他们。直走,出小区大门。一辆急救车闪着红灯飞驰而过,大家忙着埋头赶路,几乎没有人对它多看上一眼。向左拐弯,一排茂密的香樟树丛,所有的树都被齐展展截掉树梢,据说是方便公交车顺利通行。当然,也可能是由于日益猖狂的虫害。继续右拐,面前是一条稍显冷僻的青石板窄巷。一切声音渐渐减弱,往后退去,成为一个嘈杂而遥远的背景。

我在一栋带有民国风格的建筑前停了下来。

门,从里面轻巧无声地打开了。

"身份证……"

我从包里取出身份证,递上。

前台服务员抬头看我一眼:"还是……两天?"

我略略犹疑:"两天……也有可能是三天。"

"这次还是要朝西的房间吗?"

"嗯,朝西的,单间。"

这时旅店里正好有人推门出去,门开的那一瞬间,可以看到外面有点起风,扬起些灰尘。然而大门很快合拢,一切安静了下来,仿佛隔绝在灰尘的另一面。

3

我在旅店房间里睡了一会儿。

没人知道我在这里。当然,我指的是,那些在我日常生活里有规律有节奏出现的人。譬如说,我的母亲。我已经告诉我的母亲,由于职业和工作的原因,我去了远方——我是这么说的,她也认为确实如此,所以她选择相信。是呵,为什么不呢?难道会好好地、无缘无故地离开家?这实在是过于荒诞,难以解释。因此是绝对不会发生的。在最近这几年里,母亲开始以一种异乎寻常的热情关心起日常生活的细节。她坚持家中的早餐和晚餐必须丰富,荤素搭配。肉类基本被摒弃,鱼虾、谷物、海生食品,以及维生素的摄入都有严格比例。她每天轻拍头部,踢腿伸腰,用小叶黄杨的按摩棒捶打颈、肩、背……不管天冷天热,脖子里永远严严实实兜一条灰不拉叽的小围巾。与此同时,她订阅了五份(也可能是六份)健康生活类报纸:《老年健康》《妇女健康指南》《健康与长寿》《健康的秘诀》……她非常认真地和我谈话,忧虑我不太正常规律的起居生活——这一切,我一度认为是生命力部分衰竭的表现。而现在,我相信这其实还影响到一个人的想象力——母亲从来没想过我在说谎吗?彻头彻尾地,我都在欺骗她?一个正在丧失生命力的人是不愿意想象的?或许是不敢想象?于是,在这样的图景中,我坐上飞机,调直座椅靠背,在犹如百万飞鸟同时振翅的轰鸣声中,凌空而起……

周刊社主编也不知道,此时此刻,我正一个人住在离家不远的一处旅店里。主编今年五十多岁,或许因为多年混迹于文化新闻界，或许临近退休，心态有些微妙。反正从今年春天开始，主编的秃顶就变得越发严重起来。主编父亲据说是位老革命，中风多年，一直躺在主编家一张靠窗的小床上，歪过半个头看风景。主编平时不太提起他。至于主编的儿子，每天他都在主编办公桌的玻璃台板下一脸坏笑——小伙子三年前留学英伦，照片里他正身处一个狂欢晚会，在几个戴着面具的脑袋后面，他探出头来，向每个看他的人吐出小小一截舌头。

昨天午餐过后，主编照例坐在办公桌前抽了一支烟。然后，稍有踌躇，便起身向我走来。

"刚才我忘说了，明天晚上，山西那边有一个民俗画展开幕……"

如果主编早点说这句话，早那么两小时三小时，我应该也就去了。由于职业以及工作的原因，坐上飞机，打开遮光板，调直座椅靠背，闭上眼睛。没有什么是需要我担忧顾虑的。航线既定，穿越长江中下游平原、华北平原、太行山脉……除了偶尔遇到空中气流，机身颠簸摇晃，乘客低叹惊呼，就犹如以前的成千上万次飞行一样，飞机自如地完成着起飞、爬升、转弯、降落等一系列程序。除了在上、下等很短的时间里，可以看到附近地区的地貌、地况以及天气晴雨等情况，大部分时间飞机飞行在平流层。俯视大地，苍苍茫茫，什么都看不见——只有云在飞机的下面。很多次，坐上飞机时还下着蒙蒙细雨，一旦穿过云层，云块的间隙里竟有霞光透上来。当然,也有些时候,可以看到那种很黑、很厚的积雨云,那就说明云层之下的那个地区正在下大雨。看到这样的云层,我通常会闭上眼睛,抓紧扶手——那是危险的雨云,说不定什么时候,在穿越它时,突然就会在高空遇到闪电、雷击等让人绝望的事情。最让我难忘的是有一次坐直升机,山上在下雨,飞到一半时起了雾,而山顶飞雪……直至飞到更高的地方,突然云开雾散,一片绚烂的霞光。

如果主编早点说那句话——在昨天,在我们临近中午的紧急会议以前,那么,一段平稳而一如既往的旅程将会如期展开。可就在那次半个多小时的会议上,主编面色凝重地安排任务。

"你去东北吧,那里的一座大桥突然塌了。"主编晃着手里余下三分之一的烟头,指了指坐在门边的一位男士。

男士姓楚,五十岁左右的年龄。资深人士。这些年来,周刊的一些深度特别报道基本由他出马。楚先生话不多,开会的时候手指头敲敲桌面,掸掸裤子,眼梢有时还瞥到窗外去。时事经济之类,他关心,但并不热衷。与同事、朋友以及家眷的关系,多数也是淡然、克制而有分寸——这甚至还影响到他的文风。平时不大看到他与主编有什么特别的交集,重要的报道任务下来,主编也不多说什么,至多拍拍他的肩膀、派根香烟。有一次,我看到楚先生踱到主编办公桌前,朝玻璃台板下望了几眼,淡淡一笑,走开了。有时候我觉得,楚先生和主编之间的信任与默契,更多的或许来自相差不多的年龄。

就在楚先生即将启程的时候,主编桌上的电话响了。接完电话,主编回到会议现场,脸色愈发凝重起来。

"你去南面吧,就在刚才,高速公路起火了。"主编掐灭烟头,向另一位中年记者指派了任务。

会议临近结束,最年轻的一位同事驾轻就熟,欣然充当起狗仔角色。因为据说一位著名女星情场有了新的动向。我的同事穿上夹趾凉鞋,斜戴一顶鸭舌帽,随身小包藏了录音笔和专业偷拍设备,开着一辆破破烂烂的小车上路了。

午餐过后,我坐着发呆。主编看到了我,如同突然意识到一团无形无色、无声无息的空气。他走了过来。

"咳。刚才忘说了,明天晚上……"

我抬起头,耐心地听他慢慢说下去。

"山西那边,一个民俗画展……你去吧。"

我在心里骂了句粗话——脸上微微笑着,嘴巴渐渐展现出弧形。我用一种全无防备、极其无辜的表情看着主编说:"明天?你是说明天吗?真是太不巧了……"

4

旅店很安静,走廊里偶尔传来吸尘器被压抑住的轰鸣、一些暧昧不明的轻笑以及时重时轻的关门声。

我在床上躺了会儿,有一段时间好像迷迷糊糊睡着了。

梦里我在和一个人说话，龇牙咧嘴却发不出声音……突然醒过来，一看时间，才过去了二十分钟。随着这个季节变化不定的风向，各种各样的气味从打开的小半扇窗户那里长驱直入：邻近制革厂散发出苛性碱的气味；巷角最后一枝明天就将凋落的蜡梅；清淡如女孩蓝色衣裙的汽车尾气……后来我就又睡着了。这一次时间比较长些，是相对完整的接近两个小时的深度睡眠。

有很长一段时间，在这个旅店里，我经常能享受到质量比较不错的休息或者睡眠。这儿所在的街区，离我父母的那个高级小区并不很远，属于古城区被保护的一块地段。一条青石板横街，三行杨树，两排柳树。隔几个门脸就有不明来历的小院落，昔日雕梁，在细雨微雪里透出玲珑的面目。礼拜六礼拜天，一个卖草鸡蛋的乡下老太太经常坐在一棵桃树下面，等生意，想心思。秋天，临河一字排开的，是一粒一粒手剥芡实的女人……关于这个街区，我印象最深的是两件事情。有一年春末夏初，我躲进这家旅店里睡觉，迷迷瞪瞪，睡睡醒醒，突然听见窗外的流水声，听见有人用清脆的吴语叫卖："栀子花，白兰花；栀子花，白兰花……"我鬼使神差般起身，探头向窗外张望——一河清水，几片黄叶。原来春天也会有黄叶。还有一次，青石板街上迎面走来一位中年女人，头高高昂着，皮肤光滑得像蛋清，头发亮得像丝绒，身上披着长及脚背的貂皮大衣。女人手里牵了一条神奇的狗。此狗大约半人高，威风凛凛,浑身上下长满了带有淡褐斑点的黑色长毛——即便腿部也被长毛完全覆盖住,虽然脖子上拴着颈带,但此狗走起路来仍然腿脚利落,底气韵律十足。踢嗒踢嗒,踢嗒踢嗒,如同将军视察部队属下,踢嗒踢嗒,踢嗒踢嗒,远远望去,仿佛一座移动发光的黑色小山。

后来我才想起来,这其实就是传说中的名犬"阿富汗猎犬"。我们周刊社曾经做过一次人物专访,一位极其神秘低调的企业家慈善家。在他家的书房里,这位企业家慈善家幽幽地抽着哈瓦那雪茄,问十句答个三句五句,嘴角挂着一丝千帆过尽的微笑。后来,一旁的摄影师突然指着门前一晃而过的一个巨大黑影,问道:"那——是您的爱犬吧?"企业家慈善家微微点头,说:"对,那是我家的'阿富汗'。"后来,专访标题就叫作《家里养着"阿富汗"的慈善家》。主编直夸这标题起得好:"多好的标题,啧啧,真是好。"

由此我恶补了一番关于"阿富汗"的知识,原来此狗竟是世界上唯一可以进入五星级酒店的犬种。身价如此,来头更是了不得。一直要追溯到大约六千年前,那个著名的"挪亚方舟"的故事。据说那时候人类犯了太多罪恶,于是上帝决定发大洪水灭绝人类,重新创造一个新世界。上帝吩咐"挪亚"造一艘大方舟,方舟长 136 米,宽 23 米,高约 4 米,共分三层。在降下洪水之前,上帝挑选世上每种动物的一雄一雌来挪亚方舟避开洪水。而在史前浩劫中被选中的动物里,唯一的犬类就是阿富汗猎犬……

而那天，说来也怪，当那座移动发光的黑色小山出现在青石板街上时，天地万物顿时像换了人间。人们从四面八方聚拢来，围成一个半圆形。大家七嘴八舌，纷纷夸奖它那高雅笔直的头形，精神抖擞的步伐，以及颇为高傲严肃的面容："多好的狗呵，啧啧，真是好，真是好呀。"

5

枕头散发出暖洋洋的太阳的气味，还有一种说不上名字的草药香，或许是艾草，这是一种微微刺激但又能够让我立刻安静下来的气味。这倒有点像每次我提着拉杆箱走进这家旅店时的感觉。走廊里那个正在做清洁的服务员可能已经认识我了，每次她都礼貌而冰冷地朝我微笑。她站在一个嗡嗡作响的吸尘器和一个巨大的柜子旁边，里面放着每个房间以供替换的洗漱用品，以及白得不带任何情感色彩的床套枕套。走廊并不宽阔，有一次我几乎和她擦肩而过，隐隐约约地，我听她说了句"好久不见呵"——我着实吓了一跳。不是因为终于被认出的假想得以证实，而是——礼貌而冰冷的服务员那天根本只字未吐，甚至就连她脸上的表情都无法洞察，因为她大半张脸都被遮盖在一只医用口罩后面，只露出两只黑洞洞的眼睛。

不管怎样，这是一个能够让我暂时安静下来的地方。床头柜上总是放着一只小青花瓷瓶,浅浅半瓶清水,一小枝应时鲜花。有一次,我发现小花瓶上被人用红线绕了好几圈,还细细巧巧垂了个吉祥如意结下来。我盯着那个如意结看了半天,琢磨着这个房间的前一位住客……还有一次,我无意中在写字桌的最后一个抽屉里翻到一只纸袋,无疑是以前的客人遗忘在那里的,而服务员整理房间时也没有留意发现。纸袋里掉出几片枯干成脆片的叶子,一条深灰浅灰相间编织的男式围巾,还有一本皱皮封面的笔记本,前面几页被撕扯掉了,只剩下犬牙交错的毛边……还有很多小小的细节……有时候我觉得这房间也像一棵树,一批批的客人来,每个人都会留下一点自己的生活痕迹,像慢慢形成的树轮,也像蛇蜕下的几片皮屑。而那条蛇缓缓游走了,不声不响,像水再次流进河里去。

就这样,我开门,把旅行箱沿房间墙壁放好。隔壁房间隐约传来争吵的声音,很快消失。我打开小半扇窗,开始用房间里的电热烧水壶烧开水。在水蒸气慢慢冒出来的时候,我站起身翻看写字桌的最后一个抽屉……与此同时,我总是会下意识地望一眼床头柜。

青花瓶里这次插了半段垂柳,青葱欲滴,煞是好看。旁边躺着我的手机,不声不响,但像个凶器。

6

我被突如其来的手机铃声惊醒时,房间里有一股淡淡的鱼肉香,那是从斜对面"沸腾鱼乡"里飘进来的。几年前新开张的一家小饭店,不知怎么就渐渐红火起来。当然这个世界还是很少有绝对无缘无故的事情。这家小饭店有着最新鲜的鱼类以及最沉默寡言的老板——与沉默寡言相对应的是其传奇性,据说此人早年曾经偷渡香港,后来留在南非掘金,最离谱的还说他贩卖过军火。店里老板娘则是以前城里的三线模特,喜欢穿仿皮细腿裤,格子衬衫塞进裤腰,两条腿笔直站在店堂里。

店堂橱窗是一大排巨型鱼缸,那些鱼……仿佛都早早预知了自己的命运,在看似无风无浪的水域里上下奔突,拼命地吐着泡泡,撞到玻璃,撞到彼此,撞到水……有一次周刊社主编宴请分管领导,酒过三巡,大家玩笑说,这家店可是"高女人"和"矮丈夫"呵。写深度报道的楚先生眼光就是不同,幽幽道:"照我看,此男此女,再加上……"他伸手指指外间那些暗涛汹涌的玻璃鱼缸,说:"就是我们祖国的高山、流水,以及广阔沉默的中原大地。"

店主夫妻俩每年都出门旅行,有时国内,有时国外,今年去的是墨西哥,带回来一只硕大的蜂鸟标本,挂在中式包间的一面墙壁上。那是我母亲请客时最喜欢订的包间。

是的,就在今天晚上,当暮色降临,城市陷入浓重的五色之中,透过旅店房间那小半扇打开的窗户,我将看到一群人远远走来,走在最前面的总是兴高采烈的母亲。在这样的场景中,她显得神采飞扬,满面红光,脖子上那条灰不拉叽的小围巾也消失得无影无踪。

紧跟其后,或者簇拥在母亲身边的,是我不太熟悉或者根本不认识的那几位——母亲常常提起的云姨、芳姐、根叔、张伯伯、马爷爷……父亲常常落在最后,他低着头,游离在人群外面,仿佛想着另外的什么事情。父亲手里总是提着大小正好可以放进一张合同的公文皮包,那里面装着钱、支票以及最终可以兑换成支票和钱的商业合同。

他们从青石板街的那头走进来,三行杨树,两排柳树……春天的风吹过来,积雨云在夏天堆得最浓最黑……后来便纷纷扬扬地飘下雪来。记得有一次,仍然是透过旅店房间的小半扇窗口,我看到母亲率领的这群人走入巷口,突然,一支礼花凭空升起,所有人尖叫着抬起了头。在白昼般刺眼的瞬间里,我觉得母亲仿佛看到我了,天哪!她真的看到我了!她惊讶而困惑的眼神,她因为惊讶与困惑而张大了的嘴巴……礼花落下,与母亲苍白的面容一起消失在墨蓝的夜色深处……而我则感到一阵眩晕,紧张地闭上了眼睛。

还有一次,我仍然半掩在旅店的窗帘后面,看着母亲、父亲,以及另外一些我不太熟悉或者根本不认识的人走近。就在这时,放在床头柜上的手机响了,震耳欲聋。

是母亲。

"还在北京呵?"

"……是呵……"从窗户里我可以看到母亲的背影,以及大半个后脑勺。

"明天能回来吗?"

"回不来,要后天呢。"

"唉,根叔后天一早就走了。真是不巧。"

仿佛每一次都是这样,在这家安静的旅店,在这个临街的窗口,每当我的手机响起的时候,声音总是那样与众不同。一般来说它躺在床头柜上,但有时也会出现在沙发上、桌子上、椅子上,甚至是窗台上——最后被我牢牢抓在手里。它总是那样寻根究源、触目惊心地响着。

与此同时,我使劲地清清嗓子,并拉动着脸上的肌肉,以保持一种正常、忙碌而又欢快的状态。

"喂……"

二

1

我不太喜欢家里来穷亲戚,特别是平时很少联系的那些。总的来说,我们家的家境还是相当不错的,父亲开着一家规模不小的鞋业加工厂,母亲曾经是一位普通的中学历史老师,但后来她考了硕士、博士、博士后,正式进入高校,成为学院派知识分子中的一员。

我母亲是 1968 年高中毕业的"老三届",当年的她是个眼睛水汪汪、双眼皮刻得很深的浪漫主义者。在我长大以后,有一次她对我说,当年她作为学生代表,上台朗读毛主席那篇题为《我们也有两只手,不在城市里吃闲饭》的文章时,激动得都快要哭出来了。她还说,在南方待惯了,有时候她做梦会梦到很多奇怪的东西:很黑很高的山;红色的沙漠,上面开着淡蓝色的小花……她说,其实当时特别想去的地方是遥远的边疆:东北的北大荒、西南的西双版纳,还有广阔的内蒙古草原。但后来不知道为什么,阴错阳差地就去了苏北一个小县城。

这一去就是将近十年。

我一直怀疑,我们家的那些穷亲戚,其实绝大部分都是母亲上山下乡的产物——"这是你张阿姨""快叫刘伯伯呵""又好多年没见到陈爷爷了"——从那些含糊其词的介绍中,完全分辨不出任何明晰的血缘关系,但母亲的热乎劲却是发自内心的。她回忆起在离县城不远的地方,有一个某某公社某某大队某某生产队。就在某某生产队的水稻田里,几只蚂蟥趴在她的腿上休息,顺便吸点血。生产队那口烧饭的铁锅是生锈的,隔夜饭如果忘了盛出来,第二天就像染上了血色。而有那么一天,从另一个生产队来了个高高瘦瘦的年轻人,他是来商量知识青年联合办学的事情的,他叫某某某。

就是这个穿着白衬衫，总是一脸沉思状的某某某，后来成了我的父亲。

2

进入新世纪以后，我母亲的学术课题主要是"90年代以来中国社会的结构问题"。而那个阶段，我们家的日常生活结构也是奇妙而意味深长的。

白天的时候，我父亲的鞋业加工厂业务蒸蒸日上，订单如同雪片般飞来，以至每天出门时，父亲微秃的脑门总像罩着热腾腾的光圈。厂区里开始出现一些神情忐忑而又昂扬兴奋的年轻人，他们来自我父母同时插队的那个苏北小县城——在我们家，那是常有的事情，关于那个遥远的县城，我们不时会谈起它。当然，倾诉者主要是我母亲。一般是在周末的晚餐时分，一家人难得聚齐了。餐桌上的鱼慢慢呈现出森森白骨，火锅保持着余温，暗红色的火苗在锅底晃动，噼噼啪啪，噼噼啪啪……饭饱菜足，令人昏昏欲睡。父亲静悄悄剔牙，在窗外的雨声中认真翻看《晚报》《商报》《工商时报》《市场报》《中国经济报》，并且不时用微笑或者点头回应着母亲。

还有的时候，我母亲会亲昵地挽起我的手臂，走在灰蒙蒙、湿漉漉的大街上。这个多雨的城市刚刚斜飘过一阵细雨，却仿佛仍然抵不过北方刮来的那股沙尘，它穿越燕赵齐鲁，山河空气，晃动在我们的头顶上空。

我母亲的回忆，通常是从那个稻田里的小孩开始的。

　　"他穿白色衣服，很长……像裙摆一样拖在地上。"我母亲边想边说，每一次的细节都略微有些出入。

　　然而不管怎样，在我母亲的讲述中，那个神秘的场景再次展开。多年前的那一天，我母亲收工回来，去不远处的河边洗了几件衣服。往回走的路上，经过一片麦田，彼时暮色苍茫，麦浪滚滚。是因为我母亲年轻时患有低血压的病症，刚才洗衣又蹲久了，难免有点目眩头晕，还是那种飘忽而感伤的青春期感受（后来，我母亲承认这其实也是一种病），一阵说不清道不明的情绪铺天盖地向她袭来。我母亲靠着路边一棵大树歇了会儿，闭闭眼睛——我母亲一直强调并诧异，那可能是她一生中听力最好的时期，因为她非但能听到很远很远的地方牧童的晚唱，炊烟缓缓向天上升起来，还能听到空中有浓黑的积雨云，把浅灰深灰的炊烟牢牢裹卷。当然，母亲还听到了那个穿白衬衫、高高瘦瘦年轻人的呼唤声。

　　母亲叹了口气，等她再次睁开眼睛时，一件奇怪的事情发生了。

　　"他突然就出现了，五六岁小孩的身高……飘在麦田边上，离我几步路远，而且……"母亲停顿一下，仿佛是一种必需而艰难的自我确证，"而且……一丝丝声音都没有。"

　　"后来呢？"

　　几乎每次我都会这样问。当然我也知道，"后来"的答案常常落入俗套。因为奇迹不常有,即便奇迹如同奇迹般发生,一次也已足够多了。

麦田里的白衣小男孩不见了,母亲眨眨眼睛就不见了,她当时大吃一惊,连忙闭上眼睛掐手臂……眼前是一望无际的稻田。母亲解嘲般地笑笑,再擦擦眼睛,睁开……眼前还是一望无际的稻田。

根本就没有什么穿白衣的小男孩。

然而母亲坚决否认这是一个纯属幻觉的形象或者场景,她甚至能细致入微地描述那件白色衣服的形状、质地(虽然每次仍有小小的出入)。麻质、直筒,松松垮垮一直盖过脚背,以至田野里的风刮过时,衣服迅速膨胀肥大得像一只巨型的白色蘑菇或者凌空掉下的降落伞。衣服是雪花白的,大多数时候母亲这么说;大理石的颜色,有时她会改口;带点小麦的黄色;嗯,那种最浅最浅的镀金色……但是,终于,她还是迟疑着无可奈何地放弃了,并且找出了一个最为简单且完全无法论证的理由。

"要不,我真是撞见鬼了吧。"我母亲说。

2001年秋天,母亲在核心学术期刊发表论文《中国南方农村的灵异现象与其他》,同年冬天发表《田野的反思》,2002年夏天发表《一个民间寓言的形成与破灭》,2004年春天是《走向城市,走向何方》……这是我母亲最为勤奋多产的岁月,那桩"小小幽灵事件"不时出现在她的笔下,固执而富有情感。

那时的母亲是消瘦的,然而坚毅刚硬,仿佛整个人完全由意志构成,不存在后来的脂肪问题、双下巴问题。她经常熬夜,挑灯独战至天明,所以早餐基本是省略的,并且颈椎和肩周问题非常突出。一位邻街的盲人推拿师经常在周日定时上门服务。这个推拿师技术高明,手法细腻,让母亲的症状减轻不少。后来我父亲额外送了他三双鞋,一双春秋穿的单鞋、一双冬靴,还有一双则是皮质凉鞋。

父亲送鞋时是个春日的雨天,台阶湿漉漉的,地上还沾着几片李树花瓣。推拿师脚上穿着高帮雨鞋,手里提着凉鞋、单鞋和冬靴,用一种完全不逊色于常人的从容步伐,缓慢而稳定地走下楼梯。

3

母亲最后一次参加国际学术会议是在意大利,共有十几个国家的专家学者与会。在留作纪念的大会全体合影中,我发现了两个似曾相识的面孔——坐在前排的一位阿根廷教授和另一位站在母亲旁边的朝鲜专家。他们都分别代表各自的国家访问过中国,并且来到我们这个多雨的南方城市,母亲接待过他们。阿根廷教授临别时送给母亲一顶高乔人的帽子,另有一个专门用来喝马黛茶的褐色小陶瓷。

"这是什么?"母亲好奇地问。

"Cuia。"

"什么？"

"Cuia……Cu—ia……"

他们津津乐道而又莫名其妙地在这个单词上纠缠不清，最后终于一起大笑了起来。

至于那位五十岁出头的朝鲜专家，我之所以对他留下深刻印象，除了那对大得显出无辜的眼珠，更因为那次母亲招待他在"沸腾鱼乡"大快朵颐后，此人整夜腹泻不止被代表团送往医院，母亲也赶去了，回家时已是凌晨。

"怎么啦？"我问。

母亲叹口气，一脸自责。

"食物中毒？"

母亲摇摇头。

"被人下了毒？"

母亲仍然摇摇头。

"奇怪，那到底是怎么回事？"

母亲的声音带着缓慢而曲折的历史感，说："医生讲了，是肠胃不适应。平时可能吃得素淡，过于素淡，是……肠胃不适应的症状。"

在那次意大利的国际学术会议上，母亲提交大会的论文题目是《碎石马路尽头的荒凉景象》，这是一篇奇怪的没有副标题的论文。在论文的开头部分，母亲一反缜密的学术思维，用非常感性的语言引用了晚清流行小说《九尾龟》的一段情节——浪荡公子章秋谷从家乡常熟旅行到一个奇特的地方，苏州第一条也是唯一一条碎石马路……

还有关于"碎石马路"的不厌其烦的注释。

"碎石马路（Macadamroads）利用好几层不同的碎石子铺设稳固且富弹性的路基，使得道路可以承受更大的重量。不同的路面材质都可用来铺设碎石马路的最上层，如石板、木头、柏油或沥青。有时除了泼一层防止尘土飞扬的薄油或碎石和煤渣的混合物之外，便不另加铺设。这种道路首先在1820年代运用在英国的马路关卡，后来在19世纪下半叶成为普及于欧洲和北美洲的标准技术……"

在这篇支离破碎、东拉西扯，或多少有些耐人寻味的文字里，母亲提到了很多事物和景象。

母亲提到"狸"这种动物。

"狸是一种奇怪的动物。"母亲说。

当翻译毫无表情地同声译出时，东亚一带的几个学者面露微笑，欧美组的没有什么表情，来自圣地亚哥的一位塌鼻子教授突然打了一个响亮的喷嚏。"狸是存在的。"母亲继续说。"对于看见过狸这种动物的人来说，狸其实就是貉，长得有点像浣熊，皮毛的手感非常柔软。对于上点年纪的中国人来说，狸有一个几乎妇孺皆知的'狸猫换太子'的历史故事。皇帝的两个女人都怀了孕，善妒的那个将一只狸猫剥去皮毛,血淋淋、光溜溜地换走了另一个女人刚出世的儿子。而对于中国南方古老的乡村、小城或者小镇,民间传说狸是一种可以幻化为人形的妖物。虽然人们知道,这种小动物很可能只是因为肚子饿了,趁着夜色,在池塘、树林以及假山中悄悄穿行,摸黑到附近有人住的村庄找食物吃……"说到这里,母亲稍作停顿,似乎陷入某种有待确认的回忆——

母亲提到"城市"的概念。

"什么是城市?城市是提供所需的地方。当孩子走过一个城市时,他会看到一些事物让他知道这一生想要做什么。"

关于街道。

"今天,街上都是一些无趣的移动,根本不属于那些面对街道的房屋。因此,你没有街了。你有路,可是你没有街。"

关于学校。

"学校起源于一个人在一棵树下对几个人讲述他的领悟,老师不晓得他是老师,那些听他说话的人也不认为自己是学生。"

…………

整篇文章充满诸如此类的细节、例据、回忆和注释,母亲在一条历史的长河中穿梭往返,饱含深情地看一眼,说两句,叹几声,然而不提供更多的逻辑与观点。却更像一个醉酒之人的絮叨,或者临终之时,对于这个混乱不堪的世界最后留下的深情一瞥。

关于那次学术会议，还有一两个细节是值得记述的。离开意大利以前，母亲突然心血来潮，想去著名的西西里岛"看上一眼"。会议的某个赞助商派来一架直升机，让母亲的这一心愿得以实现。然而据母亲说，那天地中海上空云雾缭绕，她只是隐隐约约看到了埃特纳火山的小小一角。而另一件事情似乎更为有趣。作为一点心意，母亲想为那位盲人推拿师带点意大利的小礼物。在机场她选中了一款手感奇特、凹凸不平的男用皮包——这款皮包后来作为一种时尚中性风的象征，背在了一位来我们城市打工的姑娘身上。姑娘来自西南部的一个小县城，那是古代混血极混杂的地区，四季如春的气候，街上走出来的人都带有一股春意与臊味。所以那时候印度人、缅甸人、老挝人、越南人……都在那里混。这位姑娘个子不高，深眼眶，高鼻梁，身上有种不明来路的波希米亚气息。她来我父亲的鞋业加工厂工作前，已经换过三四个工作，甚至会讲几句还算地道的本地方言。她从老家带来一种治疗颈椎腰椎病的秘方，由此又认识了母亲的那位盲人推拿师。有一次，我看到她和推拿师一起下楼的背影，一动一静，窗外下雪，如同梦境。他们正式结婚是在半年以后。后来深眼眶姑娘就一直背着那款男用皮包。她把一个刻有"中国制造"的小皮圈商标塞进皮包夹层，然后挽着盲人推拿师的手臂……夏天几声闷雷，推拿师上身黑T恤，下身黑西裤，深眼眶姑娘则穿了条颜色略显土气的粉色连衣裙，一深一浅，一重一轻，像是厚厚的积雨云上透出的淡淡霞光。

这位推拿师后来自己开了家私人诊所，深眼眶姑娘自然而然成了老板娘。她穿着红色仿皮裤子，格子衬衫塞进裤腰，一会儿左脚支撑，一会儿右脚支撑。推拿室里开着一盏暗红色小灯。不知道为什么，这位视力存在严重问题的推拿师显然也不热衷言谈，里面只是不时有音乐声传出来。

为救李郎离家园/谁料黄榜中状元/中状元着红袍/帽插宫花好啊……

4

盲人推拿师渐渐来得少了。

如果说，颈椎腰椎病其实就是一种筋疲力尽或者聚精会神的病，那么，母亲在那一年生了另外一场病。怎么说呢，一夜之间，仿佛全身的免疫系统突然出了问题。"我头晕。"母亲说。量量血压稍稍偏高，血凝度也有点问题，母亲手里拿着医院的检查报告。三天两头感冒。爬不了山，下不了海，早上醒过来就觉得腰酸背疼，但并不是腰椎的原因，而是一种游离的无法确定的疲惫。"怎么会这么疲惫呢？"母亲说。

母亲不再写论文了，偶尔翻翻报纸，看看电视新闻，站在窗口望着远处的街道。她的速度缓慢了下来，就像一架减速而犹疑的机器，在观察这个难以解释的世界的改变与走向。

她总是能在窗口看到匆匆忙忙的父亲，有时她也能在窗口看到我，但我们三个在一起的时间却越来越少了。

与此同时，那些毫无血缘关系的县城亲戚们来得越来越多了。他们纷纷登上长途客车、中巴、火车，断断续续、热热闹闹地来到我们这个城市。他们来看望我的母亲、父亲，看看这个城市，他们带来了他们的儿女、亲戚、亲戚的亲戚……他们喜欢这个城市，喜欢一些颜色和气味，他们看到母亲时总是很激动，但好像又明显对我父亲的鞋厂更感兴趣一些。每次我母亲总是热情地招呼着去饭店吃饭。"小时候你都见过呢。"母亲对我说，"这是你的叔叔、伯伯、阿姨、婶婶。"对于曾经的相见，我明显没有什么印象了，但我仍然是有礼貌的。我淡淡地笑着，向他们点头。

在整个吃饭的过程中，我父亲一直很少说话。他随身总是带着一个大小正好可以放进一张合同的公文皮包，那里面装着钱以及另外一些类似的东西。我父亲总是负责最后的买单。

我也不太说话，坐在某一个角落里，看着这一切。

又过了几天，非常凑巧，母亲、父亲，还有我，我们三个在火车站一起吃了顿便饭。那天母亲去苏北小县城参加一个婚礼，父亲赶去上海参加一个国际车展，我则被周刊社派去另一个城市，报道名为《左派的忧郁》的艺术展。

母亲的发车时间最早，紧接着是父亲。我站在站台上，先看到母亲的那列火车缓缓启动，然后是父亲的那列，启动，加速，越来越快……两列火车朝着相悖的方向运行。但不知为什么，我突然有种奇怪的感觉——仿佛，他们是坐在一列火车上的两个人，只是逆向而坐，所以一个看到向前的风景，而另外一个，则永远留下了远去的背影。

我斜靠在站台的一根柱子上，回味着"忧郁"这两个字。

三

1

其实我一直怀疑，母亲很早就知道我躲在旅店里的事情，只不过她没有说破而已。她就那样看着我，一次又一次，眼神里有些狐疑地说："哦……是吗，真是不巧，太不巧了……总是这么不巧呵。"

她目送我拖着旅行箱走出小区大门，直至从她的视野里消失不见。但在她的心里，究竟又是如何解释这一次又一次的巧合的呢？

是的，真实的情况就是这样，那些县城亲戚们，当他们成群结队出现在我们的生活里，那个时候我常常就会躲起来。我其实根本就没去上海、湖北、天津、广西或者云南出差，我只是拖着那只小小的旅行箱，在附近的街区找个小旅社，我在那里住下来。白天我仍然会去周刊社上班，晚上再回到旅社睡觉。有时候单位有应酬，回来时我让他们送我到小区门口，我向他们挥手，之后藏进浓密的树荫里，然后再偷偷摸摸地穿街过巷，溜回旅社去。

县城亲戚们在我家住几天，我就在小旅社里躲几天，直到他们离开。

有时我会看见他们，我的母亲或者父亲带着他们逛街、吃饭、购物，他们边走边说话，在这过程中或许还谈到了我——没有人知道我就站在不远处的一个窗口，我远远地、高高地看着他们，就像看着一种与我毫无关系，同时我也根本无法介入的生活。

"你就带这两件衣服呵？哈尔滨已经很冷了……"

有时候我正埋头整理箱子，母亲慢慢踱过来，漫不经心地说上这么一句。

"这么大的雨，还在打雷闪电，你那趟航班估计要延误了。"

还有的时候，母亲若有所思地站在窗口，乌云滚滚，雨越来越大，急迫、冲动，然后慢慢松弛下来，树叶上泛出光泽……雷声经常打断了她说话的声音，瓢泼大雨，瞬间把这个喧闹的城市隔在外面。我常常觉得，其实母亲并不在乎我是否听到了她的提醒。她只是走过来，看我一眼，说上几句话。而我呢，连忙心慌意乱地站起身，有时候假装感谢母亲的提醒，有时候则一本正经地辩解几句。我们的眼神对上了。我在说谎，而母亲知道我在说谎，她并不揭穿我的谎言，所以其实她也在说谎。

我必须得说谎，我们必须得说谎……如果不说谎，那就谁也活不下去了，谁也别想好好地心安理得地活下去了。

2

其实开始的时候还不是这样，我在努力，谁都在努力，以维持或者达到一种微妙的平衡。母亲希望我多多少少参加几次那些饭局，听听过去的故事，以及沉思。她的意思是说，不管怎样，那些年在农村的艰苦生活磨炼了品质，了解了生活，以后不管遇到什么事，做什么事，都会心平气和意志坚定（这样的心平气和于今天的她之意义，母亲永远不做解释）。父亲的希望相对直截而简单，他希望把那只大小正好可以放进一张合同的公文皮包直接交到我的手里。虽然他很快便打消了这样的念头，但毕竟有那么一段时间，我们所有的人坐在那里，像中国人历来吃饭那样，围成一个圆圈。

大家看起来平静而快乐。干杯，欢笑，吃菜；吃菜，干杯，欢笑。

在这一切的缝隙里，母亲不时扭头看我，偶尔父亲也会看看我。这两个人永远充满着默契——那些微光笼罩的假日黄昏，母亲站在书架前发呆，父亲则坐在餐桌旁修改他的一沓合同……我相信他们一直是相爱的。虽然从小到大，我从来没见过他们亲吻对方。但中国夫妻多数含蓄温婉，这当然不能成为证据。有一段时间，母亲经常能给我们带来惊奇的场面。有一次，她出门几天，我和父亲像平时一样观看晚间新闻。电视里有一小队人举着红旗、扛着摄像机出现在一片广袤的草原上。播音员解说那是一个来自民间的自然生态保护组织，成员来自各行各业，彼此并不相识，其中有退休职工、著名诗人、街道干部和民主党派……就在这时，一个一闪而过的特写镜头，我看到了我母亲！

"你看到了吗？"我惊叫起来。

父亲点点头。

"真是她吗？"

"当然是她。"父亲的声音显得很平静，这样的平静与妥协经常出现在他们的夫妻生活里。比如说，母亲淡漠商业并且还是某个动物保护协会的一员，但她仿佛并不拒绝父亲偶尔给她带回的皮草。而父亲，有时候从他曾经插队的小县城回来，会幽幽地说上那么几句。他说他住的县委招待所现在改名称了，叫"香榭丽舍"，门口立着一个金光闪闪的不锈钢圆球。他咳嗽一下，有所停顿，似乎正考虑接下来要说的话是否稳妥合适。他还是接着往下说了，但放低了一半声音，并且语音含混："晚上老有女的打电话来，还有人敲门。"这样的时候,母亲有时凝神听一听,有时笑笑,还有些时候是一副忙忙碌碌,其实什么都没听到的样子。有一段时间,母亲回去得明显少了。但有一回,我去干洗店取衣服时,从她的一件大衣口袋里发现了一张返程车票,正是通往那个县城的高速列车。

不管怎样,那样的情景在我们家相依为命,缺一不可,依托为生。就如同饭局总是分成风格迥异的两个部分,一部分是属于我母亲的。那些逝去的微光,那些再三被重复与强调的浪漫主义和英雄主义。渐渐地就转到另一个部分,我父亲……那些陌生亲戚的孩子们,下一代人,或者再下一代人。他们说,他们不明白这些孩子在想什么,有时候他们的想法会吓人一跳,真的,吓都吓死啦……

说这话的时候,他们突然想到了我。

"啧啧,姑娘都这么大了呀,一眨眼的工夫呵。"大家一起扭头看我。

"唉,他们这代人呵,就是吃苦太少……"母亲说。

大家觉得在这种时候不便多说什么,于是纷纷抬头小心翼翼地看我一眼,脸上赔着笑。

…………

开始的时候我脸上也赔着笑。我知道,我的样子看起来很正常。但是且慢,就在我母亲神采飞扬、满面红光的酒意里,就在我父亲不动声色,同时又掷地有声的沉默中,我眼前的一切慢慢晃动了起来。有一种莫名其妙的忧郁，从我的眼睛、鼻子、耳朵、喉咙……从我身体的每一个器官里涌出来，像一小团一小团的雾气，或者云，在我的身边纠结起来，缠绕起来……把我和其他人分隔开来，和这个围成圆圈的饭局分隔开来，和大厅里发出的牢骚与不满分隔开来，和隔壁包房端坐的一本正经的大人物分隔开来，和外面街头的大声喧哗分隔开来，和窗口一闪而过、穿着短裙露出半个屁股的小骚货分隔开来……

我知道，他们再也看不到我了。

现在，在那个位置上坐着的，是一小团没有喜怒哀乐，也没有跌宕起伏的空白。

我听到自己迟迟疑疑、磨磨蹭蹭从椅子上站起来的声音，我听到自己仍然犹豫着的声音，我听到自己轻轻地说：

"对不起。"

所有的人都抬起头，看着我。

我走出去了。

3

有那么一段时间，我们彼此躲闪着眼神。

这样的事情和场面开始多起来了，越来越难以控制了。

"今天我加班，没法过来了。"我在电话里对母亲说。

"可是你昨天才加班呵。"电话那头沉默了一会儿。

"但今天还是要加班。"我说。

"代我向云姨他们问好吧。"沉默了一会儿后,我继续说。

"好的……"母亲把电话挂了。

我听到自己如释重负的呼吸,还有电话那头失望的叹气。母亲一定感到深深的失望。她拼命要把我拉进她所制造的幻境里。一手拉着我,一手拉着父亲。在一个嘈杂莫测的城市里,面对过去生活投下的点点月晕(我怀疑那些县城亲戚里有很多她也并不认识)。这个场面有一种莫名其妙但又非同寻常的仪式感,类似于过年,或者祭祀。结构稳定,其乐融融。母亲有恐高症,有一次我和她上街,经过底下车流不断的高架桥,她一把抓住我的手,高架桥有轻微的颤抖,母亲抓住我的那只手也有轻微的颤抖。那一刻,我的心里突然划过一阵不易察觉的悸动……一个心存恐惧的人,拼命要抓住点什么,或许就是这样简单吧。

是的,母亲也一直在努力,假装没看到正渐渐张开大嘴的缝隙,假装没听到精心编造或者根本就是信手拈来的谎言。她兴冲冲地捧回一大堆东西,县城当地产的花生、糕点、腌肉、一种味道古怪刺鼻的茶叶,还有当地产的菜籽油,不过仍然味道古怪刺鼻,并且还让我觉得恶心。这些东西像垃圾一样堆放在我家的厨房里、冰柜里、茶几上,有些还延伸到了母亲的书桌上。它们在体积与气味上都有着让人无法忽略的特质。直到很长一段时间以后,才慢慢萎缩、变小,直至最终消失。有些晚上，我出门时悄悄用报纸包一块腌肉，或者拿一盒已经变质的糕点。有些早晨，我像贼一样偷偷拎走一瓶菜籽油……在小区垃圾桶旁边我遇到过父亲。一次是背影，另一次是迎面相遇，无可回避。我不清楚他是否看到我手里的东西，无论是确实没有看到，还是假装没有看到，我都把那看成一种难能可贵的默契……

他轻轻咳嗽一声，朝我点点头，从我面前走过去。

有时候倒是母亲显得焦虑不安。她总是间歇性发作，在这一点上仍然很像那些情绪不稳定的恐高症患者。有一次，很难得的三人晚餐，也不知是从什么由头开始的，母亲突然没头没脑地来了一句：

"我是无产阶级，你父亲更倾向于资产阶级。"

"那我呢？"我自然而然地问。

"你是小资产阶级。"母亲的声音变得有点严厉。这种不同寻常的严厉的语气，让人觉得，小资产阶级就像翻墙而入的强盗，就像很多年前刷在墙上的一条标语，就像传染病、口气、脚癣，就像一切非常不美好、一定要彻底打倒的东西。

何况，紧接着母亲又补了一句："说实在的，我不喜欢小资产阶级。"

父亲轻轻咳嗽一声，从我面前晃过，走进了另一间屋子。

我忘了自己有没有说什么，母亲是不是还在说，或者停下不说了。

我站起来，又一次离开了。

4

第二天，或者几天以后的某一天，我查了一下资料，关于"小资产阶级"。

资料上是这样写的：

小资产阶级就是以生产资料的个体所有和个体劳动为基础的社会集团，主要包括中农、小手工业者、小商人、自由职业者等。

小资产阶级占有一小部分生产资料或少量财产，一般既不受剥削也不剥削别人，主要靠自己的劳动为生。但是，其中有一小部分有轻微的剥削。

作为劳动者，在思想上倾向于无产阶级，作为私有者，又倾向于资产阶级，极易受资产阶级思想的影响。因此，在反对封建主义的斗争中既具有革命性，同时也存在政治上的动摇性、斗争中的软弱性和革命的不彻底性。

"小资"们也要为生计奔波的，但绝不会把这些挂在嘴边，所以"小资"们大多是忧郁和含蓄的，他们本质上向往稳定的生活，但又经常把自己装扮成漂泊者和流浪者。

"小资"其实就是一种固执与狂热，边缘与非主流，忧郁与含蓄，并以此来标榜他们的与众不同。

我粗略想了想算了算。现在我每月工资收入大约在5000元，以周刊社名义出席的部分会议、座谈、首发式以及新闻发布会有红包或交通费用，数额从500元、1000元到2000元、3000元不等。我暂住父母家，平时坐地铁、出租车或者公交车上班，主要开销：购买衣服、鞋包、书籍、CD、旅游，看音乐话剧（以上两项通常可以利用职务之便节省或者全免费用）……所以我确实属于"既不受剥削也不剥削别人"，至于"其中有一小部分有轻微的剥削"，这个多少语焉不详。一小部分……轻微……这本身就像小资产阶级的用词，直接可以延伸到资料上第三部分指出的特质——动摇、软弱与不彻底。

但谈到我的思想，又好像要比这更复杂些。大约十五六岁的时候，下午学校放学，我喜欢一个人去火车站。我身形瘦小，面色苍白，挤坐在候车室充满着渴望与力量（按照我当时的眼光）的人群里，身上还背着一个沉重无比的书包。有一次，我还偷偷混进了站台。火车头发出的那声叫喊，每次都像鞭子狠狠抽打在我的心脏上。我喜欢被它抽打，甚至能感到身体持续猛烈地颤抖。还有那些浓黑色的烟雾，徐徐冒出，慢慢扩散进灰蓝色的天幕——对我而言，那意味着一个更神秘、更致命的地方。还有一次，也在那个车站，我差点被人当作不良少女拐走。而这事之所以没能最终实现，我想仅仅因为我更倾向于"把自己装扮成漂泊者和流浪者""本质上向往稳定的生活"。我这段并不离奇的火车站经历从未被我全知全能的母亲察觉——这同时也说明，从很小的时候，我，我们，就已经习惯于生活在能够平衡生活的谎言之中了。

对了，我一直记得那个《左派的忧郁》艺术展。为什么要叫这个名字呢？这是我一直不太明白的事情，因为整个展览其实很少涉及这个内容。它仅仅被安排在"浪漫主义"美术后面——绘画里有一些扛着红旗的工人，戴着鸭舌帽，走在队伍的前面。那些人的神情确实是很忧郁的，后面紧跟着的革命者，神情也是忧郁的……就是这么淡淡的一小部分。倒是展览结束部分，那个看似毫不相关的内容吸引了我的注意。"残酷戏剧"导演布鲁克《马拉被杀记》的剧照：剧情的最后，那些平日压抑麻木的精神病患者受到极大刺激，一同起来造反，霎时间摆脱了看护的约束，向守卫者袭来，走下舞台，冲向观众，造成一片混乱……

看完那个展览回来，有一次，我们三个人围坐吃饭。

灯光下，我母亲是忧郁的。

父亲……我看不出来，看不清楚。一个永远都在积极行动的人，即便他有忧郁也是看不清楚的。

然后，我就突然想到了那张展览结束部分的剧照。

我听到了桌子掀翻的声音。锅碗瓢盆飞出去，掉下来，碎片和尖角在空中飞舞。玻璃窗被砸碎了。倾盆大雨在屋内流成了河流。母亲在尖叫，父亲在呐喊，我——

但是，什么都没有发生。一切安静如初。父亲在看不可收拾的股票行情。母亲剔着牙缝，稍稍有点失去仪态。

一根鱼骨白森森地躺在桌上。

四

1

忘了究竟是什么时候了，在一次郁郁寡欢、勉强应付，并且心照不宣的集体饭局中，我颇为失礼地起身告辞。

"对不起。"我说。

所有人都抬起了头，嘴巴里塞满饭粒，嘴角露出一小根鱼骨头，眼睛瞪圆，脸色诧异但同时努力挤出一丝尴尬的笑意……在真相展露的那个时刻，生活的图景总是峥嵘丑陋，如同一卷已然翻过却留下深深折痕的册页——在这本册页的某个角落里，我的父亲、母亲别过头去。

也就在这次饭局过后的第二天，我临时被周刊社派往一个海滨城市出差。公务花了一天半时间就顺利办完了，在去机场的路上我改变了主意，中途折返，在海边挑了个小旅店住下来。

晚上我一个人在餐厅吃饭。一个穿棉麻衣服的老头儿在窗口拉小提琴，琴声悦耳，让我觉得轻微眩晕。拉完后，他挨个餐桌挨个餐桌地讨要小费。他戴着一顶奇怪的橘色高帽子,帽子顶部有个小小机关,钞票或者硬币掉下去的时候,随之出现一小段小提琴和弦……我给了一张十元纸币;邻桌是对新疆情侣,我听到如同清澈泉水般的叮叮咚咚声;靠海的窗口坐着一位满头银发的老人,进餐厅时我和他一前一后,不知为什么他猛地停住了脚步……

"对不起。"我说。

"为什么?"他的头发在海风里飞舞,像银灿灿的鸟窝。

"我刚才撞到您了。"

"你说什么?"他像没听明白我的话。

"刚才,我不小心撞到您了。"我放慢了语速。

"你撞到我了吗?"他露出惊讶的表情。

"是的。"我说。

"哦,是这样,我正想着其他的事情……其他的……其他的……"他竟不做过多的解释,顶着一头乱发,神气活现地从我面前径直走过去了。

我站在那里,愣了一会儿。琴声又起,那对新疆情侣站了起来,起舞、跳跃、旋转,而拉提琴的老头儿在远处朝我挤挤眼睛。

那天我在餐厅坐到很晚。半夜我听到不远处的海浪声,好像仍然有人在拉小提琴……说来也怪,那些天一直持续不好的情绪,突然转好了。

2

事情开始稍稍有了点变化。在拒绝那些对我来说索然无味、完全游离身外的饭局后,现在,我有了两种选择——要么像以前一样,继续躲进附近的旅店里。或者,干脆高高地飞起来,直冲蓝天,进入平流层,然后悄然降落在一个遥远而陌生的地方。

有那么一小段时间,我甚至找到了一种类似于重生的喜悦。显而易见,同样是逃避,偷偷摸摸地藏在旅店窗户后面,像贼一样眼睁睁看着自己的亲人在眼皮底下走来走去……那种感觉多少是病态的。有一次,忘了是在哪份尘封的旧杂志、报纸还是档案上,我翻到一篇故事,据说还是真人真事。说是有个男人——忘了叫什么名字,管他什么名字呢——离家出走为时多年。此人已婚,夫妇两人住在一个潮湿多雨的城市。有一天,丈夫借口出门旅行,在离家很近的街上租了房子,在那儿一住就是二十年,听任妻子和亲友音讯全无,而且丝毫不存在这样自我放逐的理由。二十年来,他天天看见自己的家,也时常看到遭他遗弃的可怜而孤独的太太。婚姻幸福中断了如此之久——人人以为他必死无疑,遗产安排妥当,他的名字也被遗忘。妻子早就听天由命,中年孀居了。忽一日,他晚上不声不响地踏进家门,仿佛才离家一天似的。从此成为温存体贴的丈夫,直到去世。

二十年……

二十年？

每次我撒谎离开家，在附近的小旅店里住上那么两天、三天，再拖着旅行箱回来的时候，那熟悉的家确实有什么地方已然改变。虽然，一切的一切，表面尘埃落定，纹丝未动。

"回来啦？"母亲依然戴着老花镜坐在沙发上，仿佛只是极为随意地抬头看我一眼。那种轻描淡写，试图加强或者伪装短暂离别的正常性，不加追究，敞开胸怀："喏，冰箱里有新剥的鸡头米……"

同时，我还听到另一个声音："不要告诉我真相，不要告诉我真相，这样，我们的生活还能维持下去……"

而我，总是踌躇着，在沙发前挪动一下，转个身。那个离家二十年的人是如何不声不响地踏进家门，仿佛才离开一天？——这样看来，或许也很简单。

好了，那么现在就让我进入另一个时间和空间。飞机舱门紧闭，系好安全带，打开遮光板，调直座椅靠背，闭上眼睛。

旅行。旅行把我带向了远方，让我从平原跃至高山，或者深入海洋……而那一天，那个海滨城市的晚上，那个有着银灿灿鸟窝头发的老头儿，突然让我明白了另一件事情：在那样的时间和空间里，我是一个和别人无关的人，甚至还可以是一个与原来的自己都无关的人。

3

或许，那个阶段的一些改变，就是从海边的那天晚上开始的。我开始主动争取去外地采访的工作机会。在飞机的舷窗口，我看着黄昏时分或瑰丽或诡异的云层；在火车的行进途中，暴雨和闪电骤然改变了沿途的一切景观……

我开始有意识地提高办事效率，以便留出更多只属于自己的空闲时间。我在那些陌生的城市、地域以及人群里滞留上一天、两天，或者更长的时间。我搬出原来的商务酒店，寻找那些城市里孤僻的场所，稀奇古怪的所在。白天的时候，我在旅游景点购买充满浓郁地方色彩，然而以后再也不会穿着、佩戴、使用甚至看见的纪念品。

我买过一株摊主明确告诉我隔夜即死的紫色昙花，一只有着蓝宝石般眼珠的白色小病猫，一件深黑色近似全透明的睡衣，一本书皮发黄的《民国年间老情书》，一双有着牡丹蝴蝶图案的小脚绣花鞋……

我还遇到过一些有趣甚至匪夷所思的人。

有一次，我所住旅店附近有个小酒吧，因是旅游热门地区，所以各色人等，一应俱全。第一个晚上，我去坐了坐。我穿着超短裙，涂了比平时深一号的口红——这样看上去和那个酒吧的氛围基本吻合。第二个晚上，我又去了，口红比前一天再深一号。

在我对面坐着一对小情侣，已经有点醉意了，像曲别针一样扭在一起。我忘了昨天他们在不在，好像也在。我不认识他们。后来，我点了酒，礼貌性地向他们微笑。

我注意到，那个男孩也善意地朝我点头示意。

这时，女孩突然冲着我尖叫起来："你看到了吗？我拉着他的手！"

她把男孩的手拉起来，挥舞着，像一面示威的旗帜。

我一下子愣住了。

女孩的声音像过山车最崎岖的局部："但是，他睡了我以后从来不拉着我的手……"

我有点不相信自己的耳朵，本能地问："什么？"

"他睡了我，但是从来不拉我的手！！"她突然哭了，后来又笑，表示喜欢我口红的颜色。女孩的眼神里一直有同性间微妙的戒备。她一直没松开那位脸已涨得通红的男孩的手。

还有一次，在漫长的等待飞机调度起飞的过程中，一位五十来岁的长发男子和我搭话。

他的脸斜转一个角度，冲着天空的方向，所以他的声音听起来似乎更像是自言自语："蓝色……你知不知道，我们平时讲的蓝色一共有多少种吗？"

他的长发让他看起来像个搞艺术的——这是老套的手法——至于他的问题……却着实让人哭笑不得，因为现在搞艺术的人早就不问这种问题了。我耸耸肩膀，不置可否。

"有 22 种。"长发男子从空姐手里接过一杯白水,"所有的蓝加在一起,一共有 22 种颜色。"

后来飞机终于得到准许起飞的命令,而在接下来的将近两个小时的飞行中,长发男子再也没和我说过一句话。

也有不停说话的,是个半年多前来到中国的荷兰人。

荷兰人:"中国真好,我热爱中国。"

我:"谢谢你。"

荷兰人:"中国人也很有趣,我想我喜欢他们。"

我:"再次感谢。"

荷兰人:"可是,也有些事情我弄不明白……为什么街上的老人要敲打自己的身体,而且要倒着走路……他们不会不舒服吗?"

我:"……"

荷兰人:"还有,男士为什么要抢着为女士付账呢?她们不会觉得被人看不起吗?"

我:"……"

荷兰人突然降低了一度声调:"对了,昨天晚上,不,前天晚上也是,为什么我住的宾馆房间会被塞进一张小卡片?上面是一位非常漂亮的女士。"

不过,相对于这些,更加意味深长的改变仍然在于那些陌生亲戚。当我在云层中飞行或者雷电中疾驰的时候,他们陆陆续续地又到我家来了。当我着陆或者靠港,当我在异乡的寂静中发呆,发笑……或者仍然是发呆的时候,母亲会打电话给我,让我通过神秘难测的手机无线网络和他们说上几句。真是奇怪,隔着遥远的空间和情境,以前那种惯常的疏离和忧郁变淡了,变得几乎可以忍受了,那些陌生亲戚带着口音的普通话,那些令人忍俊不禁的卷舌和尾音,甚至还带有几分轻松愉悦的效果——有时候, 连我自己都不敢相信——我会在电话里和远方的他们说几句玩笑话。现在,我巧妙地把他们排除在我的生活之外。他们成了一块斑驳模糊的调色板,连同所有的异域风情、紫色昙花、小脚绣花鞋……他们成了我生活背景的某一部分。他们再也触及不到我了,距离保证了我的安全。

有时候我想,真的,就这样一直下去,或许也挺好的。

直到有一天, 我在一处运河桥边的青年旅馆, 接到了母亲的电话。

"云姨来了,明天你能回来吗?"

"回不来,要后天呢。"我打开窗户,看着外面平缓流淌的河水。

"真是不巧,云姨很想见你的。总是这么不巧。"

"哦,那替我向云姨问好吧。"我望向对岸,有点轻雾,望不到头,只觉得有点荒芜。

"好的……不过……"

"什么?"

"这次云姨的女儿也来了,她说很想见见你。"

"云姨的女儿？"

"是的，云姨的小女儿。今年刚刚大学毕业……对了,她叫小霞。"

五

1

几天后的那个下午，我第一次见到了小霞。当时周刊社正做一个青年问题的统计以及访问,我顺手从办公桌上拿了份调查问卷。我和小霞约定:在"沸腾鱼乡"旁边的春蕾茶馆见面。

小霞与大街上的那些年轻人几乎没什么区别。当然,我主要指穿着打扮这方面——如果不是母亲告诉我"那是云姨的女儿",这位穿板鞋、跨裤以及黑白条纹 T 恤的女孩子,几乎就是大街上所有年轻人的翻版。当然,我很快就知道了,她不是。或者,她正是。

她看了看我递过去的问卷,埋下头,飞快地填写起来。

这是份匿名问卷,并且涉及一些隐私问题,所以我把她填好的两页纸小心折好,准备放进包里……

"没关系的,你可以看……我不介意。"她浅浅一笑,落落大方。

问卷里有诸如此类的一些问题：

年龄：22 岁。

性别：女。

您是否受权威式教育长大？若是，您感到遗憾吗？是，非常遗憾。

您生活里最爱的人：母亲。

您生活里最恨的人以及原因：母亲。她逼我撒谎。

将您的内心情感毫无障碍地表露给一个亲近的人，对您构成困难吗？非常困难，几乎没有可能。

您现在生活里最需要的两样东西：金钱、爱。

以上两样如果只能选一样：金钱。

您第一次性生活时间：18 岁。

…………

最后一个问题：

您感到幸福吗？不知道。不知道。不知道。

我低下头，朝着大地以及河流的方向微笑着。这答卷里有什么东西突然触动了我，让我觉得自己应该说点什么。但也正是因为那触动我的东西，我审慎地保持了沉默。显而易见，这位名叫小霞的姑娘向我透露了她的一部分人生秘密，我应该回报以我那部分。但至少到目前为止，我认为这毫无必要。

接下来事情便顺理成章地倾斜。那顿下午茶突然成了小霞莫名其妙的倾诉会。我几乎产生了怀疑——是否清香恬淡的绿茶已被偷换成凛冽的白酒？在酒劲的催逼下，小霞讲了那么多她完全不必告诉我、我也未必想要知道的——小时候她在小县城上学，因为惧怕母亲的威严偷偷修改学期成绩单；十几岁她就失眠，因为第二天要考试，而关于考试的梦魇直到现在仍然延续；母亲一直以为她是处女。进城上大学后，因为精神压力大曾患有强迫症，在超市偷过两次深肤色的透明丝袜……

那天和她告别时，我礼貌性地表示感谢，说："真的谢谢你……这么信任我。"

她眼睛一亮，虽然只是一闪而过的光景。我记得那时她的神情里，有一种混杂了释然、欣然以及茫然的复杂。她坚定而又含混地说："我很小的时候就知道你了，我母亲经常会讲起你……"

话题戛然而止，她突然另起一行。

"下个礼拜你有空吗？"她抬起下巴，充满期待地看着我。

"下个礼拜？"

"是的……我想请你喝杯咖啡。"

2

和小霞再次见面前，有一天吃早饭，母亲不经意提起她。

“那个小霞，云姨的女儿，你见到了吗？”

“见了，一起喝了茶。”我眼前闪过那份被折成四四方方的调查问卷，它先是被放进了我的皮包，后来又和办公桌上另外的那些汇聚在一起。这个小霞呵？！——有那么几天，她一直在我脑海里诡异地微笑。但后来，当我有空翻了翻桌上那厚厚一摞，我发现，她不是。

“她可是你云姨的骄傲呵……而且，她也比你小不了几岁……”

母亲正在啃一根颗粒饱满的东北玉米，每一两个星期我们家会从附近超市买一盒固定品牌的东北玉米。上好的弹性、硬度，甜津津的汁液……有那么两三次，我在飞机上俯视窥探那片生长它的土地，每回却总是云蒸霞蔚，一片苍茫。或许当你身处平流层以上，目力所及的风景大体总是相似的。

“云姨说，小霞这孩子从小就懂事，家里穷，可是从没让你云姨操过心。”说到这里，母亲颇有深意地稍作停顿，见我并没有什么触动，于是继续往下说，“她从小学的时候就成绩好，年年三好学生，每次云姨拿到奖状就会写信告诉我。小学在村里读，初中去了小县城，高中在大县城读，大学考到了城里……你猜猜，这孩子用功到了什么程度？”

“什么程度？”母亲说话的时候，我正拿着牛奶杯在餐厅里踱步。

“临到考试，她每夜只睡三四个小时……每次讲到这里，云姨总会哭……"

东阳台那里有一个小陈列橱,里面放着我们一家人旅行、开会、出国、漫游后带回来的各种小纪念品。其中有个小小的泥人面具,是我从西南部带回来的。在那个小村落里我看过一种类似于"变脸"的地方戏曲。乡村里的说书人,讲悲剧故事时,脸上戴着喜气洋洋的假面具;述说欢喜的传说却是黑脸上两行白色泪痕……我觉得有趣,因为当声音与形象合为一体时,你实在不明白究竟应该采取欢笑还是哭泣的形式——以至于最后,在乡村小卖部买纪念面具时,我也只是随意地顺手一指。

"就是它吧。"我说。

3

小霞预订了座位。

这是城里闹中取静最高档的一家咖啡馆。透过二楼临窗的落地玻璃窗,可以看见一只长得很像"阿富汗猎犬"的狗正在香樟树下撒尿,它保持着同样的姿势,时间匪夷所思地长——看上去更像一尊古老的雕塑。

有了上次的交道,我对小霞多少有些另眼相看。那份不长不短的问卷透露出与兽类相似的气味,我嗅嗅鼻子便闻到了。而母亲那番令人啼笑皆非的感慨,更让我有种几乎邪恶的快意。小霞和我——同属来自乡间饥饿的小兽,以及被困在笼中插翅难飞、仰望云端的族类——我们，孤独的我们，会从此成为朋友吗？或许是心照不宣的战友……

我突然忐忑不安了起来，同时，也有了一种无法言说的期待。

侍者躬身奉上法式风格的咖啡壶和杯盘，蓝山咖啡浓郁的香味诡异地缭绕起来。我们自然而然地谈起了各自与对方的母亲。

"云姨近来好吗？"话刚脱口我就后悔了，连忙啜一口咖啡作为掩饰。

"她挺好。"靠近小霞的天花板垂下一盏水晶吊灯，像菊花瓣满地飘散，光影斑驳。——其实小霞长得挺不错的呀。我心里说。

"我母亲，她前一阵来过这里……但你出差了。"小霞接着说。

"哦。"我又喝了口咖啡。

"你好像经常出差？"小霞抬起头，看似不经意地瞥我一眼。

我脸上一阵烧，故作轻松地笑着说："有什么办法呢，我这个饭碗，哪里出了点事就要立刻出现在哪里的。"我希望小霞轻松调笑地把话接过去，但她没有。她沉默着，一只手托住下巴。

沉默延续了一两分钟，直到侍者重新过来，躬身，极为得体地呈上两个金箔钩边的小巧果盘。

"这里服务很好。"我说。

"所以请你到这里来，"小霞得意地一笑，"我曾经在这里做过半年的服务生。"

我稍作惊讶的样子，忖度着小霞的心思：这可能正是她所需要和期待的反应。一只带有野性的小兽，经历了暗无天日的成长历程，她需要和我分享她的黑暗、传奇以及荣光。我猜想她仍然渴望倾诉。

我猜对了。

这次仍然是高浓度酒精的烈酒，却是芳香四溢的咖啡勾兑成的——究竟是什么样的生活让小霞成了一位大魔术师？——她讲冗长而陈腐的故事，她也讲破碎而闪光的故事。她说她非但在这种咖啡馆打过工，也在低档酒吧干过，有时候上半夜在咖啡馆，下半夜在酒吧。整天和那些酒鬼、妓女、浪荡子、失意者打交道……每天筋疲力尽回到学校宿舍时，她的身上只有两种东西：酒味和他人。她还做过两个月的小旅馆客房整理，有一次差点被一位住客按倒在床上强奸……

"小旅馆？"我一激灵，脱口而出。

"是的，就在你父母家附近的小巷里。"说到这里，小霞的眼神在我脸上停留了那么两三秒钟，呼吸微有急促……可能是我敏感，也可能是我多疑，但是，为什么我分明觉得她的眼睛里有什么东西是具有挑衅性的,是意味深长的。

我觉得脊梁骨泛上来阵阵寒意。

下午有人表演钢琴。一位穿淡湖蓝套裙的女孩子,估计是哪个艺术学院出来走穴的。她坐下来,优雅地拢拢裙摆,开始弹。

肖邦的《a小调第二前奏曲》。

不出所料,她的肖邦软绵绵的,带着浪漫主义中最糟糕的滥调:音乐成为温情的避难所。我看着她棉质的衣料和长发,不由得猜想她的身世:一个被命运宠爱的姑娘,温室的花朵,很得父母欢心,很得老师欢心——她以自谦和羞怯回报他们。她看着下雨或者落雪起雾就会伤感,肖邦成了她蒙眬的泪眼和避雨的屋檐。

而我听过最好的肖邦是在旅途中。悬崖边的小旅店,底下是令人惊惧的深渊,日夜咆哮的决不驯服的海水……

那晚在涛声中我做了场噩梦。母亲从房间另一头走进来。她并没有紧挨着我,而是在长长的凳子的另一端坐了下来。她向我伸出手,我们温情地抚慰着,微笑着,脉脉情深。

突然——那一切究竟是怎么开始的——我们开始彼此抱怨和指责,不,先是我,那是我第一次有勇气说出真相。第一次失去控制,毫不掩饰地道出对母亲和家庭生活的真实看法。"这一切都是谎言!"我说,"而罪魁祸首就是你!"我听见自己歇斯底里地叫喊着。伤害由无数遥远而微小的雨云慢慢累积,直至爆发成雷霆万钧和倾盆大雨。

母亲一直张大了嘴巴,诧异而震惊地看着我。

终于,她回击了:"那么我呢?"

她的声音开始颤抖,她的胸部开始起伏,她的呼吸开始急促,她的眼泪和她心里的苦水一起,如同潮水般喷薄倾倒而出。

"那么我呢? 那么我呢! 那么我呢?! ……"

钢琴声停止了。

我和小霞静静地坐着。我们俩都没有鼓掌。

4

"十几岁的时候,我曾经练过几年钢琴。"我说。

"哦。"

"母亲希望我学……"我接着说。

"哦。"

"后来停了,没坚持下去。"我有点像在自言自语。

"为什么? 你不喜欢吗?"小霞问。

"不,我喜欢的……但是,那时候母亲坚持要我每天弹两小时琴……"我欲言又止。我觉得小霞可能没明白我到底想说什么。但很显然,她明白了。

"哦。是这样。"她面无表情地说。

"你呢？喜欢钢琴吗？"话一出口,我立刻又后悔了。

果然,小霞冷冷一笑,说:"钢琴究竟长什么样子,我还是前几年才知道的。"

我知道说错话,心里尴尬,不语。

这时,或许因为我刚才无意一句话,小霞的话匣子一下子又打开了。

"钢琴?"她忍不住又讥笑了一声,"那是另一个世界里的东西,我见不着摸不到的。别说钢琴了,就是能够属于我这个世界的,从小到大,母亲也从来不让我沾、不让我碰的。"

我脸上露出探寻的神色。

"不明白?"小霞撇了撇嘴角,"你可能确实很难明白,也确实很难理解,因为从我出生的那一刻起,我们就是有天壤之别的。有很多在你看来唾手可得的东西,我却要付出巨大的努力。在我小的时候,我曾经那么憎恨我的母亲,她用棍棒、戒尺、咒骂,甚至羞辱,她用任何一样可能有用的东西逼迫我,鞭策我,她像疯子一样每天在我耳边叫嚷——这是你唯一的机会!唯一的机会!考大学考到城里去!"

小霞艰难地咽了下口水,但眼睛始终没有看我。

"天晓得那时候我有多么恨她,我几乎丧失了同年龄孩子所有的快乐和游戏。为了在遥远的未来能在城里找到一份正式工作,成为一个城里人,享受那些当时我还丝毫没有概念的养老保险、医疗保险……我要刻苦学习，我必须刻苦学习，小学升初中，初中升高中，高中考大学，我一个人，不，有母亲陪着我，我们鲜血淋漓地在独木桥上奋勇厮杀。"

"你说过，你曾经欺骗过你母亲？"我轻声地问。

"欺骗？如果那也叫欺骗，我算是欺骗过她！"小霞用力挥了挥手，"但那是因为我爱她！我是被逼的！我不想让她失望！……而且我猜想……她心里其实早就知道我在撒谎。"她的声音像个抛物线，又渐渐低落下去。

小霞像是突然想到了什么，浑身一震："还有你，还有你这个遥远的，我甚至连面都没见过的参照物。从小到大，我母亲总是用你来刺激我……"

我大吃一惊，紧紧地皱起了眉头。

小霞抱住自己的头，像是陷入了深深的痛苦和回忆之中："那时候我就经常想，等我长大以后考上大学，进了城里，我一定要见到你……这几乎成了我奋斗的另一个目标。"

这时侍者轻轻走过来，我摆手示意他走开。

"老天有眼，我考上了。"小霞恶狠狠地瞪了我一眼，"我来到了这个城市，发现自己完全是个土老帽儿。我不懂得色彩，不会演奏乐器，不认识港台明星，没看过武侠小说，不认得MP3，不知道什么是 Walkman，为了弄明白营销管理课上讲的'仓储式超市'的概念，我在麦德龙好奇地看了一天。但是，不管怎么说，我来了，我站在了这里。我来了！"

小霞仰着头,挑衅般地看着我。

"欢迎你来。"我气若游丝,完全像个笨蛋。

"欢迎?!"小霞的身体向前冲着,脸差点贴到我的脸上,
"你们一家是怎么欢迎我们的?你那个母亲,把我的家人呼来
喊去,只是为了满足她小小的虚荣心。至于你——你是怎么
欢迎我母亲的,你难道心里还不清楚吗?"

我呆若木鸡。

"你现在知道,今天我为什么要请你在这里喝咖啡了
吧?"

"为什么?"我的声音听起来异常柔弱。

"我终于完成了我的奋斗目标——"小霞清了清嗓子,
"我用了整整十八年的时间,才能坐在这里,和你一起喝杯咖
啡。现在,我们平等了。"

没等我回答,她冷冷地又添上一句:"如果你觉得不想再
坐下去,现在你可以走了。"

5

大约半个月后的一个黄昏,我、母亲、父亲,我们三个人
围坐在一起吃饭。

"根叔明天要来呢。"母亲看似不经意地淡淡一句。

"哦。"

"他很想见你的。"

窗外在起大风,风卷着沙子,窗户格格作响,树枝弯曲摇摆。

　　我们三个人坐在昏黄的光影下,面目模糊,暧昧不清。

　　我听见自己说:"明天,我……"